Pierre Boileau et Thomas Narcejac sont nés à deux ans d'intervalle, le premier à Paris, le second à Rochefort. Boileau, mort en janvier 1989, collectionnait les journaux illustrés qui avaient enchanté son enfance. Narcejac était spécialiste de la pêche à la graine.

À eux deux, ils ont écrit une œuvre qui fait date dans l'histoire du roman policier et qui, de Clouzot à Hitchcock, a souvent inspiré les cinéastes : *Les diaboliques, Les louves, Sueurs froides, Les visages de l'ombre, Meurtre en 45 tours, Les magiciennes, Maléfices, Maldonne...*

Ils ont reçu le prix de l'Humour Noir en 1965 pour *...Et mon tout est un homme.*

Ils sont aussi les auteurs de contes et de nouvelles, de téléfilms, de romans policiers pour la jeunesse et d'essais sur le genre policier.

Boileau-Narcejac

Champ clos

Denoël

— Vous pouvez vous rhabiller.

Julie s'efforce, maladroitement, de descendre de la table d'examen.

— Oh ! pardonnez-moi ! s'écrie le docteur. J'oubliais...

— Non, laissez, docteur. Je peux me débrouiller.

Il passe dans son cabinet. Elle reprend ses vêtements, se rajuste. C'est vite fait. Une robe légère à enfiler. Elle entre à son tour dans le bureau et s'assied. Le Dr Moyne repousse ses lunettes sur le haut de son front, s'enfonce dans les yeux le pouce et l'index, frotte, réfléchit. Elle connaît d'avance le verdict et se sent étrangement détachée. Il la regarde enfin.

— Oui, murmure-t-il, c'est ça.

Un silence. Au-delà des volets mi-clos, on entend la rumeur de l'été. Dans la pièce voisine, une secrétaire tape à la machine, avec des arrêts, des reprises, des hésitations qui agacent.

— Rien n'est perdu, dit le docteur. Mais il vaudrait mieux opérer tout de suite. Je vous assure qu'il n'y a pas lieu de s'affoler.

— Je ne m'affole pas.

— Vous êtes solide. On vit vieux dans votre famille. Regardez votre sœur, quatre-vingt-dix-neuf ans, et pas une infirmité. Et vous — il consulte une fiche — vous avez quatre-vingt-neuf ans. Le croirait-on ?

— Vous oubliez ça, remarque-t-elle, sans émotion.

Elle lève vers lui ses étranges mains, cachées dans des gants de fil et qui n'ont que quelques doigts, comme celles de Mickey. Puis elle les cache à nouveau dans un pli de sa robe. Le docteur hoche la tête.

— Je n'oublie rien, dit-il. Je comprends ce que vous ressentez. Une infirmité comme la vôtre...

Elle l'interrompt, sèchement.

— Ce n'est pas une infirmité. C'est une mutilation.

— Oui, dit-il, conciliant.

Il cherche ses mots, maintenant, pour ne pas ajouter à son mal. Mais elle paraît maîtresse d'elle-même et se contente d'ajouter, avec une sorte d'indifférence glacée :

— Il y a soixante-trois ans que je suis en enfer. J'estime que ça suffit.

— Réfléchissez, dit le docteur. En soi, l'opération est classique. Vous n'avez pas le droit de...

Un sourire poli, qui lui coupe la parole.

— Le droit ? Permettez. Ça me regarde.

Elle le voit si embarrassé qu'elle change de ton.

— Voyons, docteur. Admettons. L'opération réussit. Ça me donne quoi ? Deux ou trois ans de survie. Est-ce bien ce que vous me proposez ? Et si je refuse ?

— Alors, les choses iront vite.

— Combien de temps ?

Il a un geste d'impuissance.

— Difficile à préciser... Quelques mois... Tandis que si vous m'écoutez, je vous garantis un long répit. Sûrement plus de deux ou trois ans, en tout cas. C'est bon à prendre, non ? Vous êtes bien à *La Thébaïde*. Combien voudraient être à votre place. Vous jouissez d'une retraite luxueuse. Si, quand même. Vous avez de la chance de vivre auprès de votre sœur.

— Ma sœur ?... Oui, évidemment. J'ai ma sœur.

L'amertume a percé dans sa voix. Elle se corrige aussitôt.

— Vous savez, docteur, à son âge, on n'existe plus que pour soi.

Elle se lève. Il se précipite pour l'aider.

— Laissez. Laissez. Ma canne, s'il vous plaît. Merci. Dans quelques jours, je reviendrai et vous aurez ma réponse. Ou bien, j'y pense, venez vous-même dans l'île, par notre bateau de service. Ça vous amusera. Vous verrez. C'est Alcatraz, avec cinq étoiles.

— Je peux appeler un taxi ? dit-il.

— Surtout pas. Mon kinési, là-bas, m'oblige à marcher et il a raison. Au revoir.

Il la regarde pendant qu'elle suit l'allée. Elle va

11

tout doucement. Il entre dans le bureau de sa secrétaire.

— Marie-Laure, venez voir.

Il écarte le rideau, fait place à la jeune femme.

— Cette personne, là-bas... Cette vieille dame... C'est Julie Maïeul. Je me suis renseigné sur elle, parce que tout le monde l'a oubliée. Elle a quatre-vingt-neuf ans. Eh bien, après la guerre, je parle de la première, bien entendu, elle a été la plus grande pianiste de son temps.

Là-bas, Julie Maïeul s'est arrêtée devant le buisson d'hibiscus. Elle se penche et, avec le bout recourbé de sa canne, elle essaie de capturer une branche.

— Elle ne peut pas cueillir la fleur, explique le docteur. Elle n'a pratiquement plus de mains[1].

— Quelle horreur ! Qu'est-ce qui lui est arrivé ?

— Un accident de voiture, en 1924, dans la banlieue de Florence. Elle a été précipitée contre le pare-brise. À l'époque, on ne connaissait pas encore le verre feuilleté. Les pare-brise étaient aussi dangereux que des couteaux. La malheureuse, instinctivement, a jeté les mains en avant, et voilà... Elle a perdu, à la main droite, le médius et l'annulaire ; à la main gauche, le petit doigt, et son pouce gauche a été amputé d'une phalange. Il est raide comme un petit levier et il reste dans la

___

1. Authentique. Une mutilation analogue a été infligée à une pianiste célèbre.

position qu'on lui donne. Depuis, elle est toujours gantée.

— C'est horrible, dit Marie-Laure. On ne peut rien faire ?

— Trop tard. En 1924, la chirurgie sortait à peine de l'enfance. On est allé au plus pressé.

Le docteur laisse retomber le rideau et allume une cigarette.

— Je ne devrais pas fumer, avoue-t-il. Mais une pareille misère me révolte. Et attendez...

Il s'assied sur le coin du bureau. Marie-Laure chuchote :

— M. Bellini est là depuis un moment.

— Bon, bon. Qu'il attende. Je ne vous ai pas dit le plus beau. Julie Maïeul a une sœur qui est son aînée de dix ans.

— Quoi ! Elle serait centenaire ?

— À peu près. Mais d'après ce que j'ai appris, c'est une centenaire en pleine forme. C'est curieux, quand même. Pourquoi ce mot fait-il rire ? Comme si c'était une blague d'avoir cent ans. Et dans le cas présent, c'est tout le contraire d'une blague, parce que c'est elle qui pilotait la voiture. C'est elle qui a provoqué l'accident. Elle roulait vite. Elle avait un concert le soir même... Mais je ferais peut-être mieux de recevoir tout de suite M. Bellini. Si je me laisse embarquer dans cette histoire, je ne vais plus en sortir.

— Non. Vous ne pouvez pas partir comme ça.

— Alors, j'abrège. La sœur de Julie Maïeul s'appelle maintenant Noémie Van Lamm. En 1924, elle était en pleine gloire. Il paraît que son nom est encore cité dans les histoires de la musique : Gloria Bernstein, la célèbre violoniste ; et c'est sous ce nom qu'elle vit aujourd'hui.

— C'est elle qui a...

— Oui. C'est elle qui, par son imprudence, a massacré sa sœur.

— Mon Dieu, s'écrie Marie-Laure, est-ce possible ?

— Elles vivent maintenant à *La Thébaïde*, Mme Van Lamm est très riche. Je crois qu'elle fait tout son possible pour que l'existence de cette malheureuse Julie soit supportable. Mais, forcément, il y a toujours ce drame, entre elles.

Il écrase sa cigarette dans un cendrier, se lève et, presque malgré lui, revient à la fenêtre. Il voit l'infirme qui franchit la grille.

— Je ne sais pas lui parler, murmure-t-il. Je voudrais lui dire... Elle aurait perdu un mari, un fils, on trouve quelque chose, dans un pareil cas. Mais ses mains... Je comprends qu'elle se fiche de tout, que peut-elle attendre de la vie, hein ? Approchez-vous. Je crois bien qu'elle a réussi à attraper une fleur.

— Oui, dit Marie-Laure, un dahlia. Elle le respire. Ah ! elle vient de le laisser tomber. À sa place, je vous assure que je n'aurais pas l'idée de cueillir un dahlia.

— Les fleurs, Marie-Laure, c'est peut-être tout ce qui lui reste. Bon. Faites entrer M. Bellini.

Julie Maïeul marche doucement, sa main droite pressant son flanc. Du bout de son stylo-bille, le docteur avait cerné la chose. Cela se passait il y a une quinzaine, à l'issue du premier examen. Il avait beau s'efforcer de rester impassible, on voyait bien qu'il était préoccupé.

— C'est grave ?

— Non. Je ne le pense pas, mais il me faudra d'autres examens.

Et il avait rédigé une liste de produits à absorber la veille, puis le matin du nouveau rendez-vous.

— Vous verrez. Le goût n'est pas désagréable.

Il plaisantait ; il se voulait rassurant, protecteur, comme si elle avait été sa grand-mère. Il avait une quarantaine d'années. Il était de ce blond qui annonce la calvitie. Il prenait tout son temps.

— Quand juillet arrive, dit-il, je ne suis pas pressé. Les gens refusent d'être malades.

Et, tout en prenant des notes, il l'interrogeait longuement. Il avait tout de suite compris que si elle abritait ses mains derrière son sac, c'était par le besoin inconscient d'un rempart. Alors ? Brûlure ? Eczéma ? Infirmité congénitale ? Comme elle détaillait les petites maladies dont elle avait souffert depuis son enfance, il lui avait posé crûment la question :

— Qu'est-ce que vous avez aux mains ?

Prise de court, elle avait jeté un coup d'œil du côté de la porte communiquant avec le bureau de la secrétaire.

— Vous croyez que...

Et, une grimace de rancune à la bouche, elle avait entrepris de se dépouiller de ses gants, les roulant à l'envers l'un après l'autre, comme on

15

dépiaute une bête. Puis elle avait offert ses mains au docteur, et il avait découvert avec stupeur ces débris mutilés, rougeâtres, striés de cicatrices livides, ce pouce planté tout droit comme un morceau de bois, ces doigts qui se recroquevillaient lentement, comme s'ils étaient en train de mourir encore une fois.

— Si je tenais le sagouin qui vous a arrangée comme ça ! ...

Il avait repoussé ses lunettes très haut sur son front et contemplait le désastre, faisant « non » de la tête, tandis qu'avec une dignité déchirante elle essayait de récupérer ses gants. Il voulut l'aider.

— Laissez, dit-elle. C'est mon affaire.

Alors, il se leva et passa dans la salle d'examen, comme s'il y avait oublié quelque chose. Il préférait la laisser seule, pendant qu'avec une adresse extraordinaire son pouce et son index intacts tiraient l'étoffe sur ses moignons. Quand il revint, il la retrouva calme, presque amusée, maintenant, de la surprise qu'elle avait provoquée.

— Je vais vous expliquer...

Et elle lui avait résumé toute sa vie, ses tournées triomphales, les salles debout, les acclamations, jusqu'à l'éclatement de ses mains, un soir, près de Florence. Ce soir-là, elle était morte à elle-même.

Il l'avait écoutée, suspendu, la pitié et l'effroi sur le visage. Et quand elle avait conclu :

— J'ai failli me tuer. J'ai même essayé.

Il avait gardé le silence parce que lui, en pareil cas, il ne se serait pas raté. Il l'avait accompagnée,

16

le long de l'allée, jusqu'à la grille, et, au moment de la quitter, il lui avait serré affectueusement l'épaule, un geste d'homme à homme, comme avant un combat.

Maintenant, elle arrive au Casino, et cherche des yeux le bar-tabac qu'elle a aperçu en venant. La chaleur l'accable. Si elle s'écoutait, elle s'assoirait au bord du trottoir, comme une clocharde, mais c'est là une de ces idées absurdes qui font de la boue dans sa tête, quand elle est fatiguée. Il s'appelle *La Civette*, ce tabac. Quand elle a cessé de fumer, c'était il y a bien vingt ans, à Paris, du côté du Palais-Royal, la boutique s'appelait aussi *La Civette*. Le médecin lui avait dit : « Plus d'alcool. Plus de tabac. Sinon, vous savez ce qui vous attend. » Eh bien, maintenant, pourquoi se priver plus longtemps ? Elle n'a plus envie de lutter. Mais elle n'a pas peur. C'est tellement sans importance, tout ça !

Elle écarte le rideau de grosses perles qui font un bruit de danse macabre quand elle entre, et demande deux paquets de Gauloises. En se cachant sous le bord du comptoir, elle tire de son sac son porte-monnaie et le tend au patron du bistrot.

— Payez-vous. Excusez-moi. J'ai de l'arthrose dans la main droite.

— Ah ! je sais ce que c'est ! dit l'homme. Moi aussi, quand ça me prend.

Il compte des pièces, puis ouvre le premier paquet et, d'une chiquenaude, fait surgir une cigarette.

— Allez-y.

Elle pince, entre son pouce et son index, la Gauloise, la porte à ses lèvres, et l'homme, obligeamment, l'allume avec son briquet.

— Ajoutez une boîte d'allumettes, dit-elle.

Et, par défi, elle aspire à fond la première bouffée. Ce n'est vraiment pas bon. Elle est comme un gamin qui affronte sa première expérience et ne comprend pas quel plaisir on peut tirer du tabac. Elle sort, vaguement écœurée. Petit problème : garder la cigarette à la bouche ou bien se servir, pour la fumer plus commodément, de ses deux bons doigts de la main droite, ou la coincer dans la fourche de son index et de son médius gauches, comme elle le faisait autrefois, avant de porter des gants ?

Pourquoi, un beau jour, a-t-elle décidé de porter des gants ? Difficile de l'oublier. C'est sa sœur qui le lui a demandé. « Ce sera moins choquant », a-t-elle dit.

Les taxis sont de l'autre côté de la place. Elle traverse devant le Casino. Gloria a-t-elle dit : « Ce sera moins choquant » ou « Ce sera plus propre » ? De toute façon, la formule est odieuse. Elle court sur la peau comme une urticaire. Mais aujourd'hui, Julie n'est plus irritable. Cette fumée bleue, qu'elle s'amuse à faire sortir de ses narines, possède une sorte de vertu qui apaise. « Je suis maîtresse de moi », pense-t-elle en grimpant dans une Mercedes dont le chauffeur lit *Le Petit Provençal.*

— Au port.

18

Elle se rencogne. Quoi ?

C'est l'homme qui s'est retourné et l'avertit, avec une grosse jovialité :

— On ne fume plus dans les taxis, grand-mère.

Hier, elle l'aurait remis vertement à sa place. Elle préfère baisser la vitre et jeter son mégot.

Le taxi la dépose sur le quai. La vedette est au bas des marches, astiquée et brillante comme un jouet. Des touristes flânent, photographient, ou bien, avec des jumelles, observent l'île, si proche qu'on distingue nettement dans la verdure les villas, les tennis, les piscines plus bleues que le ciel.

— On vous attend, mademoiselle, dit le marin qui se tient prêt à l'aider et déjà tend la main vers elle. Assis à l'arrière, il y a ce voisin dont elle ne peut retenir le nom et qui est si bavard. Il est en grande conversation avec un inconnu vêtu d'un short et d'un pull blanc. Le marin la guide vers les deux hommes qui se lèvent et la saluent, avant de lui offrir une place auprès d'eux.

— Avez-vous fait une bonne promenade, commence monsieur... monsieur... Un nom comme Ménétrel, ou Messager... Rien de plus agaçant que d'échanger des propos familiers avec quelqu'un qu'on ne reconnaît pas.

— Mlle Julie Maïeul, reprend l'autre, habite en face de chez moi. Nous la rencontrerons souvent, si vous vous installez à *La Thébaïde*. Mais pardonnez-moi, j'ai oublié de faire les présentations... M. Marc Blérot... Mlle Maïeul.

Au-dessus d'eux, au bord du quai, des curieux les observent paresseusement, regardant la manœuvre qui libère la vedette. Un hélicoptère bourdonne quelque part. L'été est là comme un dépliant touristique. Ah ! ça y est. Mestral. Il s'appelle Mestral. P.-D.G. en retraite d'une multi-nationale. Gloria, malgré son âge, a un *Who's Who* dans la tête. Elle pourrait réciter la biographie de tous les habitants de la résidence. Julie, au contraire, aime mieux les ignorer. La vedette longe la flottille endormie des plaisanciers, se balance légèrement sur le sillage d'un hors-bord.

— Mais pas du tout, s'écrie Mestral. N'est-ce pas, mademoiselle ?

— Pardon ?

Elle somnolait.

— Je n'ai pas entendu ce que vous disiez.

— J'explique à M. Blérot que *La Thébaïde* n'a rien à voir avec une maison de retraite. Imaginez... et d'ailleurs vous allez tout de suite vous en rendre compte... Imaginez un mini-territoire, quelque chose de pas plus grand que la main, bref, une propriété pouvant accueillir une quarantaine d'occupants, mais attention, il ne s'agit pas d'une communauté ; chacun est maître de son terrain, construit comme il veut, vit comme il l'entend. L'important, vous comprenez, c'est de rester entre nous, de jouir d'une paix totale.

— Comme des moines, suggère M. Blérot.

— Mais non. Comme les membres d'un club. Voilà le mot que je cherchais. Nous sommes sur un terrain que nous avons payé très cher, une sorte de Jockey Club, mais à l'américaine, sans snobisme, sans contraintes mondaines, sans philosophie particulière, comme c'est le cas pour les naturistes ou les adorateurs de quelque divinité païenne.

— En somme, dit M. Blérot, vous ne cherchez pas à vous isoler, mais seulement à vous mettre à l'écart.

— Exactement. Le droit, à partir d'un certain âge, de nous sentir protégés. N'est-ce pas, mademoiselle ?

Julie opine, poliment. M. Mestral est intarissable. Elle a envie de mettre en garde son invité. S'il est vrai que *La Thébaïde* est bien défendue contre les nuisances, elle n'est pas équipée contre les bavards.

M. Blérot, très intéressé, insiste :

— Mais vous devez vous ennuyer, à la longue. Toujours les mêmes visages, toujours...

Mestral l'interrompt. Il ne fait pas bon paraître sceptique devant lui.

— D'abord, nous invitons qui nous voulons et nous recevons pas mal de visites. À une condition, naturellement. Pas d'animaux. Pas d'enfants. Nous avons notre port privé, notre chemin privé jusqu'à la clôture.

— Parce qu'il y a une clôture ?

— Naturellement. Et une conciergerie, reliée par téléphone à chacune de nos maisons. Si nous ne prenions pas certaines précautions, nous serions peu à peu grignotés par les campeurs. Le concierge a sous les yeux le tableau qui lui indique les noms de nos visiteurs. Pas trop à la fois, bien entendu. Nous avons une conférence hebdomadaire pour régler toutes ces questions. Vous verrez vous-même, cher ami. Nous nous sommes inspirés d'un modèle réalisé en Floride, *Sun City,* mais nous l'avons adapté à nos goûts, à nos habitudes, et ça marche merveilleusement. N'est-ce pas, mademoiselle ?

« J'aimerais mieux être gardien de phare », pense Julie. Elle préfère se taire. Depuis un moment, l'envie de fumer l'a reprise. Elle n'y résiste plus.

— Excusez-moi... Je vous prie.

Elle se glisse dans le petit rouf, se bat avec son sac, avec le paquet de Gauloises et, sauvagement, avec les allumettes. Son quotidien, à elle, c'est une longue lutte, le moindre objet se dérobant hargneusement, avec des feintes sournoises. Et pourtant, elle réussit à allumer une cigarette, et enfin elle se laisse aller sur l'étroite banquette, goûte longuement l'âcre fumée dont elle avait perdu l'habitude. Mestral a raison. *La Thébaïde,* c'est le « chez-soi » idéal, entre solitude et promiscuité. Mais l'ennemi, pour elle, ce n'est pas l'intrus, l'estivant trop curieux. C'est le proche, le voisin, le copropriétaire. Tout ce qui commence par co !

La vedette accoste dans une crique entourée de rochers rouges. Une petite jetée conduit à un entrepôt où sont mis à l'abri les colis, paquets, cartons, sacs et containers amenés chaque jour par la chaloupe qui assure le ravitaillement. Un panneau de bois planté à l'extrémité du môle affiche, en hautes lettres blanches : *Propriété privée*. Mestral aide Julie à débarquer, se retourne vers son compagnon.

— À partir d'ici, dit-il, tout est privé.

Un chemin cimenté monte vers une grille qu'un personnage vêtu d'une blouse grise toute tachée et coiffé d'une casquette à longue visière de toile est en train de peindre.

— Nous ne sommes pas encore tout à fait installés, explique Mestral. Nous ne sommes là que depuis six mois. Salut, Fred.

Certains d'entre eux ont décidé, pour affirmer la cordialité qui doit régner à *La Thébaïde*, de se traiter à l'américaine.

Baissant la voix, Mestral précise :

— Fred est un ancien industriel dont l'usine a été rachetée par les Japonais. Un homme charmant.

— Allez devant, dit Julie. Je vois que vous êtes pressés.

À la façon dont Mestral se penche à l'oreille de son invité, elle devine qu'il parle d'elle... blessure horrible... un pareil talent... surtout ne regardez jamais ses mains... Mais ils sont tous au courant, maintenant. Elle sent bien qu'on ne l'aime pas. Elle n'est pas « confortable ». Elle dérange. Il y a de la lépreuse, dans son cas.

On ne voit, dans les allées de la propriété, ni béquilles, ni plâtres, ni pansements d'aucune sorte ; rien qui suggère l'idée de la convalescence. Les plus âgés n'ont pas plus de soixante-dix ans, et font toujours du sport, même les femmes. Seule, Gloria Bernstein, car elle tient à garder son nom d'artiste, n'est pas à sa place. Mais elle est si jeune, dans ses gestes, dans ses propos, qu'on est fier d'elle, comme si le groupe avait choisi sa presque centenaire pour totem et protectrice du clan. Grâce à elle, on supporte Julie. On veut bien croire qu'elle fut une musicienne célèbre, mais son nom s'est perdu dans le mouvement des années, tandis que Gloria vit encore dans ses disques. Elle marche à petits pas vers la conciergerie. Elle est très fatiguée et s'appuie lourdement sur sa canne. Elle est bien résolue à se taire. Même à sa sœur, elle ne parlera pas de son mal. Gloria n'aime pas les mauvaises nouvelles. Devant elle, on évite de faire allusion à certains événements, prises d'otages, actions terroristes. Elle a une telle façon de plaquer sur ses yeux une main chargée de bagues, en murmurant : « Taisez-vous, je vais être malade », qu'on s'en voudrait de la tourmenter par ces histoires d'un autre monde.

Julie s'arrête. Roger sort de sa maisonnette.

— Un coup de main, mademoiselle ?

— Non, non. Merci. C'est la chaleur qui m'étourdit un peu.

Ce qui est accablant, ici, c'est qu'on est obligé d'être aimable à longueur de journée, de répondre à un mot gentil par un autre mot gentil, d'avoir un sourire toujours prêt, de se montrer serviable quoi qu'il arrive. La corvée de cordialité ne cesse jamais.

Julie se remet en marche. Elle choisit, pour rentrer chez elle, l'allée Renoir. L'architecte qui a conçu *La Thébaïde* a trouvé géniale l'idée de donner à chaque allée le nom d'un peintre ; et chaque maison porte un nom de fleur. Il paraît que cela fait plus gai. Julie habite, avec sa sœur, *Les Iris*. Et c'est vrai que ces jardins pleins de couleurs, sous les pins parasols qui jouent avec la brise, sont une joie pour l'œil. Maurice, le frère de Roger, veille sur eux, arrose, taille, émonde, conseille ceux et celles qui s'amusent à cultiver quelques fleurs. Ils sont rares. Où auraient-ils appris ?

Julie regarde travailler Maurice. Il soigne les rosiers de Mme Bougros, qui sommeille sur sa chaise longue, les yeux cachés par des lunettes noires.

Autrefois, à l'occasion de plusieurs tournées dans l'est des États-Unis, Julie a été invitée chez des amis, dans des quartiers résidentiels où les propriétés ne sont pas séparées par des murettes. L'espace ne se divise pas. Il appartient à tous. De même, il n'y a pas de vestibule. On pousse la porte d'entrée et d'emblée on se trouve dans l'intimité de la maison. Les promoteurs de *La Thébaïde* ont voulu adopter ce style de vie. On a repoussé le monde extérieur pour se ménager, dans la confiance mutuelle, une retraite bien à l'abri de toute agression. Et pourtant...

Mme Bougros — elle est grand-mère, mais il faut l'appeler Pam — fait un geste languissant.

— Julie, asseyez-vous. Vous avez bien le temps.

Elle donne des petits coups sur le siège d'un fauteuil de rotin, comme si elle appelait un chat.

— Je devrais être chez vous, dit-elle. Votre sœur est en train de raconter son premier voyage sur le *Normandie*, et vous savez comme elle est passionnante. Mais j'avais un peu de migraine.

Le piège s'est refermé. Julie ne peut pas se dérober. Elle accepte de s'asseoir. L'hospitalité se paye en confidences. Elle parle donc de son après-midi à terre. Tout le monde, ici, a pris l'habitude de dire : « à terre », comme des marins en permission. Elle passe sous silence sa visite chez le docteur, mais raconte ce qu'elle a vu. « Raconter », à *La Thébaïde*, c'est une obligation de bon voisinage. On raconte sa santé, ses petits soucis familiers, ses souvenirs, ses voyages. Et pas moyen de se tenir à l'écart. La preuve ! Julie passait sans faire de bruit. Elle a été capturée, d'un regard embusqué sous les lunettes noires. Elle devrait se sentir sur la défensive et presque hargneuse. Mais, depuis qu'elle « sait », il y a en elle comme un léger brouillard. Elle est là et, en même temps, elle a perdu le contact. Elle parle et c'est une étrangère qui parle à sa place.

— Je vous admire, dit Pam. À votre âge, vous allez, vous venez... comme une jeunesse. Mon Dieu, quelle santé ! Et vous avez encore la force de vous intéresser à tant de choses ! Vous ne vous ennuyez jamais ?

— Rarement.

— Il est vrai que vous avez eu une vie si pleine.

— Elle n'a pas duré longtemps.

Un court silence pour marquer que Mme Bougros est au courant du drame mais le met poliment entre parenthèses. Elle reprend :

— Moi, je vous l'avoue, Julie, il y a des journées qui me pèsent. Je me demande si nous avons eu raison de nous installer ici. C'est beau, d'accord. Tout est organisé de façon parfaite. Tout nous fait une obligation d'être heureux. Mais... Songez que nous habitions un vaste appartement près de l'Étoile. C'est ça que je regrette... le bruit, le mouvement de la vie. De notre chambre, ici, nous entendons la mer. Ce n'est pas la même chose.

— Je vous comprends, dit Julie. Ce qui vous

manque, c'est l'avertisseur des prompts secours ou de S.O.S. Médecins.

Pam retire lentement ses lunettes et observe.

— Vous avez raison de vous moquer. Je n'ai pas le droit de... Bon. Qu'est-ce que vous voulez boire ? Un jus de fruits ?... Un Coca ?... Mon mari s'est mis au Coca.

Elle frappe dans ses mains et fait apparaître une servante à l'allure effrontée, qui prend la commande avec nonchalance.

— C'est le service qui laisse à désirer, dit Pam. Votre sœur et vous, vous avez la chance d'être secondées par...

— Par Clarisse, dit Julie. Elle est à mon service depuis vingt ans.

— Il paraît qu'elle est parfaite.

Julie ronge son frein et cherche une excuse pour s'échapper, mais la voisine n'a pas l'intention de la laisser partir.

— Avez-vous reçu notre dernier bulletin ? Non ? Alors, prenez le mien.

Elle tend à Julie une feuille ronéotypée, puis se ravise.

— Pardonnez-moi. J'oublie toujours que, pour lire, vous êtes gênée.

Elle bafouille, échange ses lunettes noires contre une autre paire et enchaîne, d'un ton enjoué :

— Ce pauvre Tony se donne un mal, avec ce bulletin ! Notez que l'idée est ingénieuse. Cela crée un lien. Il consacre toute une colonne à ce M. Holtz. Moi, il me semble que nous devrions

l'accepter. Soixante-deux ans. Bien portant. Veuf.
Il a cédé son usine à son fils aîné, qui habite Lille.
Et il est prêt à acheter *Les Tulipes* sans discuter.
C'est exactement le genre de copropriétaire que
nous souhaitons tous. Qu'est-ce que vous en
pensez ?

— Moi, dit Julie, je ne pense pas. C'est ma
sœur.

Pam étouffe un petit rire gamin et chuchote :

— À propos, votre sœur, justement, nous
avons l'intention de fêter joyeusement son anniversaire. Mais pas un mot, n'est-ce pas ? Que tout
cela reste entre nous. C'est bien le 1er novembre
qu'elle aura ses cent ans. Mon Dieu, cent ans,
comment est-ce possible !

— Oui ; c'est le 1er novembre.

— Vous verrez, nous lui préparons quelque
chose, mais nous avons le temps. Cela nous donne
plus de trois mois.

Elle la tire par la manche et l'oblige à se
pencher.

— Entre nous, ma chère Julie, le comité s'est
occupé d'elle, ce matin. Nous lui ferons un très
beau cadeau, mais de quoi pourrait-elle avoir
envie ? Elle a eu tout. Le talent, la gloire,
l'amour, la santé, la fortune ! C'est presque inima-
ginable. Si vous avez une idée ? Notre ami Paul
Langlois a songé à quelque chose d'original. Il a
encore le bras long, au ministère, mais nous hési-
tons un peu. Vous qui la connaissez bien... La
Légion d'honneur... Cela lui ferait plaisir ?

Julie se lève brusquement. Cette fois, non. Elle

est tellement bouleversée qu'elle ne parvient pas à cacher son désarroi.

— Excusez-moi, murmure-t-elle. J'ai beaucoup marché, aujourd'hui. Alors, la fatigue, la chaleur... Mais j'y réfléchirai.

La Légion d'honneur ! C'est comme une gifle, sur le moment. Si elle le pouvait, elle serrerait les poings. Et trois mois ! Seulement trois mois pour empêcher... Mais empêcher quoi ?

Elle a pris l'allée Van Gogh et longe les pelouses des *Bégonias*.

— *Bye !* lui crie William Lummet, qui fait une réussite sur une table de jardin. Il a repoussé sur sa nuque un vieux casque colonial. Un transistor, à ses pieds, joue un air des Beatles. Le drapeau anglais flotte en haut de son mât. Lummet s'approche.

— Entrez une minute, dit-il. Ma femme est chez vous. Votre sœur leur raconte je ne sais plus quelle histoire. Moi, j'aime mieux mon jardin. Qu'est-ce que je vous offre ?

Julie a l'impression d'être engluée, dans toute cette gentillesse. Elle se dérobe de son mieux et, tant pis, pense-t-elle, si l'on me prend pour un être insociable. Encore un effort. La maison est là. Elle la contourne pour entrer par-derrière, dans l'aile qui lui est réservée : quatre petites pièces séparées du corps principal par un large vestibule. Franchi cet espace, on se trouve en territoire étranger, chez celle que tout le monde, ici, appelle « Mme Gloria ». L'appartement a été construit sur ses plans : au rez-de-chaussée, une salle auditorium, qui peut recevoir facilement une quinzaine de personnes. Tout autour, le long des murs, des rayons où sont rangés tous ses disques et ceux des grands violonistes du siècle. De place en place, on voit les meilleures photographies de Gloria, l'archet suspendu au-dessus des cordes, prêt à attaquer. Des dédicaces, obliquement. Des signatures célèbres : *Isaye... Kreisler... Enesco...*

De l'auditorium, le visiteur passe dans une pièce séparée en deux par une cloison mobile ; d'un côté, le living, à la fois salle à manger et salon ; de l'autre, la chambre, tendue de soie, meublée d'un grand lit de repos à baldaquin. Dentelles, fanfreluches, un Dufy et un Van Dongen, des fauteuils, des tables basses, un éclairage tamisé pour garantir une pénombre discrète. Des tapis où s'étouffent les pas. C'est ici que Mme Gloria reçoit. Un petit couloir qui s'amorce derrière un paravent conduit à la salle de bains et, plus loin, à l'office. Pas d'étage. Pas de chambre d'amis. Gloria n'a quand même plus ses jambes de vingt ans.

Julie gagne sa chambre et se laisse tomber dans sa bergère. La Légion d'honneur ! Elle aura tout enduré. Elle retire lentement ses gants, qui se collent à sa peau, en fait un bouchon avec lequel elle s'éponge le front et la bouche. Elle écoute. On entend, au-delà des cloisons, comme un écho des voix qui, tous les après-midi, rappellent que l'auditoire de Gloria est réuni autour d'elle. C'est devenu une habitude et même un rite. Gloria reçoit de quatre à six. Dans la matinée, on lui téléphone : « Chère Gloria, parlez-nous, tout à l'heure, de votre concert à New York, avec Bruno Walter. » Ou bien encore : « Quel est le concert qui vous a laissé le meilleur souvenir ? » Parfois, une de ces dames aimerait réentendre le *Concerto espagnol*, ou la *Sonate à Kreutzer*, et alors la réunion se tiendra dans l'auditorium. À cinq heures, deux des invitées se dévoueront pour préparer le thé, Kate ou Simone, la plupart du temps. Cela les amuse de jouer à la dînette. Autrefois, entourée d'un nombreux personnel, l'une officiait dans son hôtel de l'avenue de la Grande-Armée ; l'autre, dans sa vaste demeure de l'avenue George-V. Rien de vraiment mondain. Il fallait bien donner aux cadres l'impression que le P.-D.G. s'intéressait personnellement à chacun d'eux. Mais elles avaient des maîtres d'hôtel, pour les basses œuvres. Ici, c'est maintenant leur récréation de préparer les gâteaux, les petits fours, l'argenterie. Et elles se sentent plus près de Gloria, presque les préférées. De temps en temps et surtout si elles se mettent à rire, une des invitées vient aux nouvelles.

— Eh bien, eh bien, on ne s'ennuie pas, à ce que je vois.

Et alors, on la prend par le bras et pendant que Simone, la plus gourmande, cueille au passage un macaron, Kate renseigne la nouvelle venue.

— Vous ne savez pas ce que Simone est en train de m'apprendre ? *(Rire.)* C'est à propos du second mari de Gloria. *(Rire.)*

Simone proteste, la bouche pleine.

— Pas le second, dit-elle. Le troisième. Tu embrouilles tout. (On se tutoie, à l'office.) Après Bernstein, il y a eu Jean-Paul Galland.

Les têtes se rapprochent.

— Chut ! On va nous entendre.

Là-bas, le disque crachote. C'est forcément un disque d'autrefois, à l'étiquette rouge. « La Voix de son maître. » Il n'empêche. Le violon détaille une tendre musique, un de ces morceaux de rappel que Gloria, pour remercier son public enthousiaste, lui offrait, au bout de cinq minutes d'applaudissements et de bravos. Une valse de Brahms... *La Fille aux cheveux de lin...*

Julie ferme les yeux. Elle n'est plus qu'un bloc de protestation et de refus. Pourquoi toujours voler au piano ce qui n'appartient qu'au piano ? Cette douceur mouillée de larmes contenues, ce n'est plus Brahms. C'est Gloria. Cette blondeur molle, sous son archet, ce n'est plus Debussy. Le piano est tellement plus pudique. Il renonce à tout ce qui est caresse, frôlement, mamour... Il dit les choses sans commentaires. Tout ce qu'il se permet, c'est la vibration qui prolonge jusqu'à l'âme certains accords.

Dans Chopin... Ses mains se tendent vers un clavier imaginaire, ses doigts fantômes effleurent les touches ; elle les retire vivement comme si elle se brûlait. L'odieuse journée ! La journée du malheur. Il y a des martinets, autour des toits, et du large parvient le bourdonnement d'un hors-bord. Elle fait « non », lentement de la tête. Tout cela ne peut plus durer. Elle n'en peut plus de lassitude et de dégoût. Ses mains lui font mal. Il faut qu'elle passe chez son kinési. C'est l'heure. Personne ne doit se douter que...

Elle se lève en gémissant, passe dans sa chambre en se tenant aux meubles. Pour changer de robe, elle livre bataille à l'armoire, aux portemanteaux, aux étoffes qui fuient. D'habitude, c'est Clarisse qui l'aide, mais Clarisse en ce moment est mobilisée par Gloria. Julie vient à bout d'une robe à petites fleurs. Gloria lui a dit : « Ce n'est pas de ton âge ! » Raison de plus. Elle se regarde dans le miroir qui occupe tout un panneau de la salle de bains. Raoul est un bel homme de trente ans. On lui doit de se mettre un peu en frais pour lui. Il a beau être seul, dans sa salle de gymnastique, c'est quand même un public. Le dernier public. Avant... c'était à Rome. Elle calcule... Cela doit faire dans les soixante-cinq ans. Elle entend encore, quelque part dans sa tête, comme l'étrange bruit qui vit dans un coquillage, le souffle de la foule. Le dernier récital ! Ils étaient des centaines, le visage levé vers elle, figés dans une muette adoration.

Maintenant, il n'y a plus que Raoul. Mais il est si plein de respect quand il déplie et masse doucement les doigts qui ont tendance à se recroqueviller. « Est-ce que je vous fais mal ? Il faut me le dire. » Ces doigts qu'il manie avec tant de précautions, comme des objets de collection, parce qu'ils ont touché Bach et Mozart ; elle lui léguera — oh ! il ne lui reste plus grand-chose ! — sa montre, offerte jadis par Paul Guéroult, un grand chef oublié. Toujours sur les nerfs, le pauvre homme, parce qu'elle arrivait régulièrement en retard aux répétitions...

Et puis, à quoi bon ? C'est comme si l'on offrait des feuilles mortes à un jardinier. Elle considère sans faiblesse, dans la glace, cette figure qui se modifie. Seuls, les yeux restent vivants, mais ils perdent peu à peu leur couleur bleue, alors que Gloria...

Pourquoi Gloria a-t-elle encore ces yeux superbes, dans un visage miraculeusement conservé ? Pourquoi a-t-elle gardé ces mains longues, sensibles, à peine abîmées par les taches de la vieillesse. Pourquoi ?... Julie sourit méchamment à son image. Il y a quand même quelque chose que sa sœur n'a pas. Le mal. Il suffirait de le nommer et on la verrait se décomposer, ravagée par la peur.

Non. Julie n'usera jamais de cette arme. Il est vrai que plus d'une fois elle a eu recours, contre Gloria, à des procédés dont elle a honte, encore. Elle était poussée à bout. Elle se défendait. Mais la musique l'habitait comme une religion. Gloria était la vierge folle. Elle était la vierge sage. En dépit de leurs mésententes, de leurs querelles, parfois de leurs ruptures momentanées, elles servaient la même divinité, s'imposaient les mêmes règles morales. Tandis que maintenant...

Non sans peine, Julie allume une cigarette. Raoul va s'en apercevoir et lui faire une scène. Il lui dira : « Mamie, si vous continuez comme ça, je vous laisse tomber. » Ou bien, il voudra savoir pourquoi, brusquement, elle se livre à une pratique aussi dangereuse. Tant pis ! Qu'il grogne, qu'il s'imagine tout ce qu'il voudra. Elle traverse la chambre, courbée sur sa canne. Elle entend le pas de Clarisse dans la pièce voisine. Dire qu'il y a des gens qui peuvent se permettre de marcher vite !

— Mademoiselle... Mme Gloria voudrait vous parler.

— Eh bien, qu'elle téléphone... Ses invitées sont donc parties ?

— Elles viennent de s'en aller.

— Tu sais pourquoi elle a besoin de moi ?

— Non. Mais je crois que c'est à propos de M. Holtz.

— Comme si elle avait l'habitude de me consulter, murmure Julie. Bon. J'y vais.

— Vos gants ! Vous oubliez vos gants. Mme Gloria n'aime pas vous voir les mains nues.

— Oui, ça lui rappelle trop de choses. Aide-moi.

Clarisse n'est pas très âgée... la cinquantaine... mais elle est si discrètement vêtue, si effacée, grise des pieds à la tête, qu'on la prendrait pour une moniale, elle en a le dévouement passionné. Elle rhabille adroitement les mains mutilées, se recule pour mieux voir Julie, tire sur un pli de la robe.

— Gloria n'a pas été trop insupportable ?

— Pas trop, dit Clarisse. Il y a bien eu une petite querelle, à propos du *Normandie*. Mme Lavelasset a soutenu que dans la cabine qu'elle occupait avec ses parents tout vibrait et que son verre à dents s'était cassé. Mme Gloria l'a remise à sa place, vous auriez vu ça ! Défense de toucher au *Normandie*.

— Oh ! je sais ! Défense de toucher à ses souvenirs. À son passé. Qu'est-ce que tu veux, ma pauvre Clarisse, elle est idiote. Pour ce soir, je mangerai ici. Un œuf dur. Une salade. Je me débrouillerai toute seule. Allez. Bonsoir. À demain.

Elle traverse le vestibule, entre dans l'auditorium.

— Je suis ici, crie Gloria, de la chambre. Viens.

Julie s'arrête sur le seuil. Non, décidément, cette pièce... Ce n'est pas une chambre. C'est un oratoire. Il n'y manque, autour du lit, que des cierges. Au chevet, dans un bouillonnement de dentelles, repose, comme dans un moïse, le stradivarius. Gloria a suivi son regard.

— Oui, dit-elle, je l'ai changé de place. Je ne sais plus où le mettre, pour qu'il soit à l'abri des curieux. Ici, personne n'osera le toucher.

Sa main effleure le berceau, caresse une corde qui vibre doucement.

— Il a peut-être faim, suggère Julie.

— Ce que tu peux être bête, s'écrie Gloria. Assieds-toi. Attends. Approche un peu. Je ne me trompe pas. Tu as fumé.

— Oui. J'ai fumé. Et après ?

— Bon, bon. C'est ton affaire. Tout ce que je te demande, c'est de ne pas introduire ici des relents de bistrot... As-tu lu le bulletin ?... Non, pas encore. Tu t'en moques. Et pourtant il y a quelque chose qui devrait t'intéresser. On nous propose la candidature d'un M. Holtz, bien sous tous rapports, veuf, riche, relativement jeune. Mais... Il y a un mais. Il a l'intention d'amener son piano. Et nous savons tous que tu es devenue allergique au piano. Or personne ne veut te causer de peine. Alors, nous te posons la question : oui ou non ?

Julie n'ose pas dire que tout ça, l'allergie et le reste, cela date d'une vie antérieure.

— Il n'a pas l'intention de jouer toute la journée, fait-elle avec lassitude.

— Non, pas du tout. Il joue en amateur, tu vois le genre. D'ailleurs, tu pourras l'interroger toi-même. Il doit venir pendant le week-end. Quand je te vois errer comme une âme en peine, je pense que tu n'aurais pas dû renoncer à la musique. Avec une bonne chaîne stéréo...

— Assez. Je t'en prie.

Gloria joue avec ses bagues, ses bracelets. Belle malgré son âge, elle est de ces vieillards indestructibles dont on dit : « Il faudrait les tuer ! »

— M. Rivaud voudrait bien une réponse rapide, reprend-elle. Tout simplement pour éviter les visites. Et puis deux villas à vendre en même temps, ça dévalue *La Thébaïde*. Les gens vont commencer à penser que quelque chose doit clocher, ici.

— Soit, tranche Julie. Je suis d'accord. Préviens-le. Si le piano m'embête, j'ai encore juste assez de doigts pour me boucher les oreilles. C'est tout ? Je peux m'en aller ?

— Tu sais que tu deviens méchante, observe Gloria. Es-tu malade ?

— Mais quelle importance, soupire Julie. Tu sais ce qu'on dit des vieillards que nous sommes, quand ils meurent ? On ne dit pas qu'ils étaient malades. On dit qu'ils s'éteignent.

— Parle pour toi, cria Gloria. Je m'éteindrai si je veux. Va-t'en !

Elle essaie de larmoyer.

— Ne te force pas pour moi, murmure Julie. Bonsoir.

Et, passant devant le berceau, elle agite une main gantée au-dessus du violon, en chantonnant : *Guili... Guili...*

Au moment où elle sort, elle entend Gloria qui gémit, d'une voix scandalisée :

— Je ne te parle plus !

M. Holtz se présenta lui-même, quelques jours plus tard. C'était un homme corpulent, aux yeux gris, à fleur de tête, au visage un peu écroulé de quelqu'un qui a été gros et que la maladie a marqué. Il portait un costume de ville qui détonnait en cette saison estivale. D'un coup d'œil, Julie avait tout noté, le chapeau pied-de-poule, les chaussures blanc et noir, la silhouette qui évoquait le contremaître devenu patron, et pourtant une aisance singulière dans la façon de s'incliner, de s'excuser. Julie lui désignait un fauteuil.

— Mme Bernstein m'a tout raconté, disait-il. Croyez bien que...

— Bon, trancha Julie. Vous savez donc que j'ai été une pianiste connue...

— Célèbre, rectifia Holtz.

— Si vous voulez. Et maintenant je suis une infirme, et quand j'entends jouer du piano...

— Je comprends, fit-il, en joignant les mains. J'ai failli moi-même en passer par là. Mais peut-

être que mon nom éveille en vous des souvenirs ?
... Hubert Holtz.

— Non. Je ne vois pas.

— Il y a deux ans, j'ai été enlevé en sortant de mon usine. J'ai été séquestré pendant trois semaines. Mes ravisseurs se proposaient de me couper une phalange, puis une autre, pour forcer ma famille à verser la rançon... Les journaux ont beaucoup parlé de ce fait divers.

— Je ne lis pas les journaux. Mais, mon pauvre monsieur, je me mets à votre place. Et qui vous a sauvé ?

— La police, sur une dénonciation. J'ai vraiment vécu des moments horribles. Si je me permets d'y faire allusion, c'est parce que j'ai l'impression que nous sommes un peu, vous et moi, des rescapés. Vous me direz que je m'en suis tiré finalement sans dommage. Eh bien, si. J'ai perdu l'envie de vivre, vraiment, comme un malade qui a perdu le sens du goût.

— Ah ! vous aussi...

Ils échangeaient un sourire timide, se taisaient soudain. Ils étaient comme de vieux amis qui s'en voulaient d'avoir laissé l'oubli se glisser entre eux.

— Quand j'ai appris l'existence de *La Thébaïde*, reprit Holtz, j'ai tout de suite compris que je venais de trouver la retraite dont j'avais rêvé. Plus de gardes autour de moi ; plus de verrous le soir, de vigiles la nuit, de voitures suspectes, de lettres de menaces. Ah ! ma chère amie, n'être plus rien qu'un passant !

Il avait dit : « ma chère amie », avec tant de naturel qu'elle en était tout émue.

— Vous serez bien, ici, murmura-t-elle. Et s'il ne tient qu'à moi, vous pourrez jouer du piano autant que vous voudrez.

— Je ne sais pas si j'oserai, dit-il, sachant qui vous êtes.

— Chut ! Je ne suis plus rien. Ma sœur est au courant, pour votre...

Elle cherchait le mot. Aventure ? Épreuve ? Il coupa court.

— Non. Personne ne sait, sauf vous, parce que... parce qu'il me semble qu'avec vous ce n'est pas pareil.

— Merci. Il y a longtemps que vous jouez ?

— Oh ! disons plutôt que je pianote. Ma femme, elle, était une excellente musicienne. Moi, oui, j'ai étudié sérieusement, quand j'étais jeune. Et puis les affaires m'ont accaparé et le piano n'a plus été qu'un divertissement. Mais j'aimerais bien, maintenant, m'y remettre un peu. Surtout que j'ai la chance de posséder un très bel instrument, vous verrez, si vous acceptez de me rendre visite. Ma villa est au bout de l'allée Manet. Elle est trop grande pour moi, mais elle me plaît bien.

Il parlait avec une confiance touchante d'homme timide qui se rassure.

— Si je vous invite toutes les deux, dit-il, me ferez-vous la joie de venir ?

— Ne comptez pas sur ma sœur, dit précipitamment Julie. Elle ne sort plus guère. À son âge...

— Oui, votre présidente m'a appris qu'elle est presque centenaire. C'est incroyable, tellement elle paraît vive, enjouée. Moi qui n'ai que soixante-sept ans, à côté d'elle, j'ai l'impression d'être un vieillard.

« Attention, pensa Julie, il va devenir bête. S'il me sort d'autres platitudes, je vais lui faire sentir que je suis pressée. Dommage ! »

— Vous avez visité toute *La Thébaïde* ? demanda-t-elle. Ce qui est original, ici, c'est qu'il y a des parties communes, si l'on désire se rencontrer. Le fumoir, la bibliothèque, la salle à manger... sans parler de la salle de gymnastique, du sauna et des services médicaux. On a même prévu une infirmerie et une salle des premiers soins, en cas d'urgence. J'appelle ça le côté maison de retraite. Mais si vous souhaitez rester chez vous, si vous en avez subitement assez des autres, rien de plus facile. Vous commandez à la réception ce dont vous avez besoin et tout vous est apporté par Roger, notre concierge. Moi, c'est ce que je fais pour mon petit ravitaillement, ma lessive, mon repassage, quelques livres. Et quand je veux changer d'air, je prends la vedette de service. Elle assure le va-et-vient comme un taxi.

— Mais l'hiver ?

— L'hiver ? Auriez-vous déjà peur de trouver le temps trop long ? N'ayez aucune crainte. On saura vous distraire. La distraction, c'est même, ici, l'occupation principale. Ma sœur se chargera de vous mobiliser.

Il comprit que l'entretien arrivait à son terme

et se leva, hésitant entre le ton cérémonieux et l'allure déjà familière.

— Je ne vous serre pas la main, dit Julie, mais je vous remercie de votre visite.

— Nous nous reverrons. Chez moi ? Aux *Tulipes* ?

— Pourquoi pas ?

Elle attendit qu'il fût parti pour allumer une cigarette, et, se rappelant son rendez-vous avec le kinési, elle reprit sa canne.

Le corps principal de la résidence, avec ses annexes, s'élevait sur une petite place ronde, en plein centre, au croisement des allées principales, mais, comme l'architecte n'avait pas voulu toucher au relief du terrain pour lui garder son aspect pittoresque, il fallait, de loin en loin, gravir ou descendre quelques marches et Julie peinait, s'arrêtant à l'ombre de chaque pin parasol. Il y avait des cigales, des cris d'enfants au-delà de la clôture et, rampant sur le sol tapissé d'aiguilles, l'ombre sinueuse d'un cerf-volant. Quelques mesures du *Children's Corner* de Debussy lui revinrent en mémoire et elle agita sa main gantée devant son visage, comme si elle chassait une guêpe.

Elle s'assit sur le banc qu'on avait disposé auprès de la lorgnette pivotante permettant de découvrir la côte à perte de vue, bien au-delà du cap Camarat d'un côté et de l'autre jusqu'au cap Sicié. La mer parsemée de voiles, les avions descendant vers Antibes et Nice, les montagnes bleues, à l'horizon, elle connaissait par cœur ce

44

spectacle que les bonnes femmes de *La Thébaïde* trouvaient « ravissant, merveilleux, inoubliable ». Elle n'eut pas un regard pour lui. Pressant son flanc, elle se demandait combien de temps il lui restait encore. Avec un peu de chance, cela irait vite, peut-être pas assez vite pour qu'elle ne fût pas obligée d'assister à la cérémonie... Ce Paul Langlois, l'ancien ministre, c'est lui sans doute qui épinglerait la décoration : « Au nom du président de la République et des pouvoirs... », quelque chose dans ce goût-là. Du pompeux, du solennel, du clinquant, et pour remercier Gloria ferait entendre son machin du genre Paganini, toute une virtuosité en tape-à-l'œil. Non. Plutôt mourir tout de suite.

Elle se remit en marche et se réfugia dans la salle d'attente du kinési, où la climatisation entretenait une fraîcheur délicieuse.

Raoul entrebâilla la porte et lui dit : « Je suis à vous tout de suite. » Bon. Julie n'était pas pressée. Elle prit le journal du jour, parmi des magazines, et lut quelques titres, distraitement. Elle ne se sentait concernée ni par la politique, ni par le sport, ni par rien, en vérité. Elle habitait ailleurs. La vie des autres... Ce n'était plus qu'un paysage fuyant, vu d'une portière. Et pourtant un entrefilet retint son attention.

Encore une agression.
Hier soir, un peu après vingt heures, un homme masqué s'est introduit dans l'appartement occupé par Mme Gina Montano et, après l'avoir violem-

ment bousculée, a fait main basse sur des bijoux d'une grande valeur. La célèbre actrice a vainement donné l'alarme. Le malfaiteur a disparu sans laisser de traces. Nous l'avons déjà noté, ce quartier résidentiel de Super Cannes n'est pas suffisamment surveillé. Une pétition circule déjà. Espérons que des mesures énergiques seront prises.

Gina Montano ? Mais... est-ce qu'elle ne jouait pas déjà dans *Forfaiture*... S'il s'agissait bien d'elle, mon Dieu, elle aurait...

Julie se perdait tout de suite dans un calcul compliqué. C'était sûrement la même. Elles s'étaient rencontrées, voyons, un peu avant l'accident de Florence, à Rome, chez un producteur italien qui habitait dans un palais somptueux et vétuste... Une petite femme pétulante, spirituelle et brûlant d'ambition.

— Mademoiselle, c'est à vous.

Raoul l'aidait à se lever et la conduisait à petits pas dans la salle d'examen.

— Je vous trouve bien fatiguée, aujourd'hui. Montrez un peu ces pauvres patoches.

Il retirait doucement les gants, hochait la tête.

— C'est raide, tout ça. Essayez de fermer le poing gauche. Bon. Essayez maintenant de remuer les doigts, un par un. Vous n'avez pas fait mes exercices. Ah ! vous n'êtes pas très facile ! Installez-vous mieux que ça. Plus décontractée. La main droite souple. Pliez l'index comme si vous vouliez appuyer sur la détente d'un pistolet. Encore... Encore... Repos.

Il amena près de lui un petit chariot portant sur son plateau des fioles, des pots d'onguent, des flacons variés.

— Gina Montano, dit-elle, ça vous rappelle quelque chose ?

— Bien sûr. Vous n'avez donc pas revu son feuilleton, à la télé ?... *Les Frères de la côte* ? On en a pourtant assez parlé. La vieille comtesse, Francesca, c'était elle.

— Vous voulez dire qu'elle joue encore ?

— En tout cas, elle jouait il n'y a pas si longtemps. Mais regardez votre sœur. Si on l'en priait très fort, vous croyez qu'elle ne pourrait pas, hein, avec son violon ? Le cinéma et la scène, c'est bien connu, conservent mieux les artistes que n'importe quelle hormone. Étendez bien les doigts. Mais vous-même, sans cette horrible blessure, est-ce que vous ne seriez pas quelqu'un de solide, de leste.

— Oh ! je vous en prie ! Surtout pas ce mot.

— Quoi, c'est vrai. J'exagère peut-être un peu mais c'est pour bien vous montrer que vous n'êtes menacée d'aucune infirmité. L'autre main... Savez-vous ce que vous devriez faire ? Acheter une petite machine à écrire, pour vous assouplir. Pas de fausses notes à redouter. Peu importe le texte. Et deux fois un quart d'heure par jour... Vous m'écoutez ?

— Excusez-moi. Je pensais à Gina Montano.

— Ah ! vous avez lu ce qui lui est arrivé ? Des gens comme elle, ce qui leur faudrait, c'est un endroit bien protégé comme notre *Thébaïde*. Ici, pas de danger d'agression. Et elle en a fichtrement les moyens. Elle a encore plus tourné que Charles Vanel... Là... Un petit pansement jusqu'au coucher, et cinq minutes de trempette dans une eau tiède. Vous remuerez bien les doigts. Vous ferez le crabe. Allez, on se revoit dans quarante-huit heures.

Julie n'était qu'à un couloir de distance du bureau de la réception. Elle s'y rendit aussi vite qu'elle le put. L'idée qui lui était venue devait être vérifiée sans délai. Ce n'était pas une idée bien précise. C'était plutôt une aimantation de la pensée. L'animal qui s'aménage une tanière ne sait pas qu'il se fabrique une tanière et pourtant ses gestes s'enchaînent avec fatalité. Julie demanda à consulter le Bottin. Elle lut : *Montano Gina — Artiste dramatique. Les Caroubiers, boulevard Montfleury, Cannes. 59 97 08.*

Julie sortit de son sac le stylo-bille et le carnet dont elle essayait de se servir, parfois, mais elle trouvait toujours une bonne âme pour l'aider. Cette fois, ce fut le concierge, dès qu'il eut fini de causer avec le voisin des *Glaïeuls*, un ancien colonel qui se donnait des airs de jeune homme. Le concierge nota, sous la dictée, et pendant qu'il écrivait elle se dit : «Est-ce que je le fais ou est-ce que je laisse aller ?... Est-ce que j'en ai le droit ou non ?... Est-ce que... »

— Voilà, mademoiselle. Vous verrez, l'endroit est agréable. La vue est magnifique mais... C'est comme partout... Il y a des vieux qui se font attaquer.

— Merci, coupa Julie, qui se sentait trop troublée pour bavarder.

Elle hésita jusqu'au soir et, à plusieurs reprises, mit sa main sur le téléphone. Mais comment être sûre, d'abord, que la rencontre avait eu lieu en 1924 ? Le producteur italien s'appelait Humberto Stoppa. Il venait de terminer un grand film historique, avec des lions, des chrétiens, des orgies patriciennes. La Montano jouait Élisa, la courtisane. Stoppa avait offert un somptueux dîner. À sa droite, il avait placé Gina Montano, à sa gauche Gloria. Elle-même se trouvait à côté d'Ambrosio Bertini, le ténor qui, à l'époque, enflammait l'Italie. Elle revoyait la longue table éclairée aux flambeaux. Non. Impossible de se tromper, Gina Montano ne pouvait pas avoir oublié. Mais d'ailleurs elle avait envoyé des fleurs à la clinique, juste après l'accident. Julie faillit téléphoner à sa sœur pour lui en demander confirmation. La mémoire de Gloria était un sujet d'étonnement et d'admiration pour tous ceux qui l'approchaient. Mais elle ne manquerait pas de dire : « Qu'est-ce que tu lui veux, à Gina ? »

Et Julie préférait se taire, parce qu'elle ne savait pas bien encore si elle devait... Oui ?... Non ?... Pourquoi pas...

Elle alluma une cigarette, lâcha l'allumette encore rougeoyante sur sa robe, se leva vivement pour brosser l'étoffe, et dut s'appuyer au dossier du fauteuil. Sa respiration l'étouffait. Le médecin lui avait pourtant bien recommandé d'éviter les mouvements brusques. Elle s'écouta un moment, puis fit quelques pas prudents, comme si elle voulait rassurer une bête aux aguets. Une main pressant son flanc, elle passa dans sa petite cuisine où elle avait l'habitude de prendre ses repas, avec l'aide de Clarisse qui coupait la viande, enlevait les arêtes des poissons, versait à boire, sans bruit ; son allure glissante effaçait sa présence. Julie pouvait se donner l'illusion de se suffire et, s'il lui arrivait de laisser échapper sa fourchette, elle en retrouvait aussitôt une autre près de son assiette.

Elle s'assit, sans appétit, se versa un peu d'eau glacée. Elle était capable de manier la cruche toute seule. Il était huit heures comme elle s'en assura en consultant la montre à quartz qu'elle portait nuit et jour à son poignet gauche. Non que le temps comptât pour elle. Si Gloria y attachait de l'importance, parce qu'elle attendait toujours de la visite, à elle, il ne paraissait être qu'un flux incolore, sauf pendant la nuit où il devenait une sorte d'épouvantable éternité. À huit heures, Gina Montano devait être couchée. Ce n'était pas le moment de l'importuner. Et d'ailleurs pour lui dire quoi ? « Julie Maïeul ! La pianiste ! Vous vous rappelez ? »

Non. Demain, dans la matinée, ce serait assez tôt. C'est le moment où les vieillards sont le plus lucides. Elle le sait bien, elle, dont la mémoire, pendant quelques instants de grâce, lui restitue des pages et des pages de Bach, de Mozart, de Schumann, avec la saveur, l'éclat ou la tendresse que son toucher célèbre savait leur donner. Elle rêve un peu. Elle compte sur ses doigts absents.

Août, septembre, octobre, et tout de suite après, le 1er novembre. C'est bien court, mais on peut toujours essayer. Tout cela, au fond, a si peu d'importance. Des querelles de fantômes, pendant que, dans le monde, des fanatiques font sauter des voitures, des avions ; penser qu'à la minute même, quelque part, des êtres jeunes se vident de leur sang ! Et Gloria raconte sa première traversée sur le *Normandie* ! Est-ce odieux ? Est-ce risible ? Ne serait-ce pas plutôt un peu monstrueux ? Voilà, songe-t-elle. Nous sommes des monstres. Moi la première. Je téléphonerai demain.

Elle avale plusieurs comprimés. Elle est résolue à dormir coûte que coûte. Elle entend cependant, du fond de son sommeil, le vigile qui fait sa ronde. Les pattes de son chien-loup griffent le gravier de l'allée. Au petit jour, les cris des martinets la réveillent. Elle ouvre les yeux. Il est cinq heures. Elle a réussi à passer une nuit presque normale, et c'est une victoire dont elle connaît le prix. À huit heures, elle ira rendre visite à Gloria qui sera furieuse d'être vue, même par sa sœur, sans son maquillage. Mais Julie a besoin, avant de téléphoner à Cannes, d'échanger quelques mots avec Gloria, pour confirmer sa résolution. Elle appelle Clarisse. Elle a besoin, elle-même, d'être un peu réparée avant de sortir. C'est Clarisse qui met en place la perruque, répand un léger nuage de poudre pour gommer un peu les rides qui craquellent le vieux visage rabougri. Pourquoi la beauté a-t-elle été accordée à Gloria seule ? La

chance à Gloria seule ? L'amour à Gloria seule ?
Pourquoi Gloria a-t-elle tout pris ?

— Tu le sais, toi ?

— Quoi donc ? dit Clarisse.

— Rien. Est-ce que Gloria a déjeuné ?

— Oui. Un croissant. Une tartine beurrée. Elle
n'a pas bien dormi, paraît-il. Je crois qu'elle
mange trop de gâteaux. Ça ne lui vaut rien, tout
ce sucre. Votre canne, Mademoiselle.

Julie traverse le vaste vestibule, frappe doucement à la porte de l'auditorium, selon un rythme
convenu.

— Entre, crie Gloria, d'une voix qui n'a rien
perdu de sa force.

Julie ouvre la porte capitonnée et entend le
disque du matin. Gloria s'offre un lever musical.
Quelquefois, pour le seul plaisir de critiquer, elle
choisit un morceau joué, par exemple, par
Amoyal ou Loisel. Même Yehudi Menuhin ne
trouve pas toujours grâce. Elle prétend que, dans
les traits rapides, il escamote des notes. Mais, la
plupart du temps, elle s'écoute elle-même. Le gra-
mophone est placé sur une table basse, à la droite
du lit. À gauche, le stradivarius, dans son berceau,
écoute, tandis qu'elle le caresse du bout des
doigts. Julie fait un pas et veut parler.

— Écoute, s'il te plaît.

Julie s'immobilise. Elle a reconnu le Prélude du
Déluge. Elle n'aime pas Saint-Saëns. Il invente
platement, avec une imagerie de dessin animé.
Quoi de plus bête que son célèbre *Cygne* ? Et
même ce *Déluge* à la Cecil B. De Mille, qui

monte, qui monte, uniquement pour permettre au soliste de jouer très haut, dans cette région de l'instrument où il est si difficile de produire un son coupant et pur. Mais c'était là le triomphe de Gloria. Elle n'a jamais compris que l'interprète doit être au service du compositeur. Et ce vibrato roucoulé, qui met partout du voluptueux, un vibrato pour kiosque à musique ! Julie a envie de crier : « Assez ! » Elle pense : « C'est vrai, je la déteste. » Le disque s'arrête. Gloria a fermé les yeux sur ses souvenirs. Au bout d'une minute, elle les rouvre, fixe un regard dur sur sa sœur.

— Qu'est-ce que tu me veux ?

— Je viens voir si tu as besoin de quelque chose. J'ai l'intention d'aller à terre.

— Et tu as besoin d'argent. Encore. Mais où passe tout ce que je te donne ? Qu'est-ce que tu en fais ?

Julie se retient de répondre : « Je te le prends ! »

Qu'en ferait-elle d'autre ? Mais ce qui est bon, c'est de sucer, d'être la sangsue posée sur l'avarice sénile de Gloria.

— Tu veux combien ?

— Ce que tu pourras.

Car Julie n'indique jamais de sommes précises. C'est tellement plus drôle de voir Gloria froncer les sourcils, chercher en quoi consistent les dépenses de sa sœur. Pas la toilette, bien sûr. Pas les livres. Pas les bijoux. Comment se douterait-elle que ce qui compte, pour Julie, c'est d'être accrochée à elle, de peser sur elle de tout son poids, depuis ce jour où, près de Florence...

— Bon. Vingt mille, ça ira ?

Elles comptent toutes les deux en centimes. Julie se donne l'air de quelqu'un qui est déçu mais qui se résigne.

— Prends-les dans le petit meuble.

Il y a toujours là deux ou trois liasses, pour les frais imprévus. Julie s'applique à compter maladroitement les billets. Elle en fait tomber deux ou trois, tout en surveillant Gloria, qui n'ose pas s'écrier : « On n'a pas idée d'être aussi maladroite ! » Elle dit : Merci, d'un ton qui signifie : « Tu me dois bien ça », et sort avec une feinte humilité. L'argent va rejoindre les billets soigneusement rangés dans une valise, sur le dernier rayon de l'armoire à linge. Que Gloria, depuis des dizaines d'années, lui assure l'existence la plus large, elle n'en a cure. L'important, c'est cette petite rapine quotidienne, ce harcèlement silencieux qui ressemble à une sorte de mendicité dont elle ne parvient pas à avoir honte parce qu'il ne peut être honteux d'exiger réparation, inlassablement. Quand la valise est pleine, ce qui ne va pas très vite, elle emmène Maurice, le jardinier, jusqu'à la banque, et pendant qu'il va l'attendre au *Bar de la jetée*, elle verse son argent à l'œuvre des aveugles. La main gauche ne doit pas savoir ce que fait la main droite, surtout quand on n'a plus de main. Maurice est très fier de lui servir de garde du corps. Il lui a promis le silence, contre une prime de fidélité qu'il convertit en timbres rares. Il collectionne ceux qui représentent des fleurs, des bouquets, d'étranges corolles exotiques. C'est son secret. À son tour, elle lui a donné sa parole, par jeu. Tout lui est égal, rien ne parvient plus à l'émouvoir, mais il lui plaît encore de sentir le dévouement de Maurice et la chaleur de son amitié. Ils sont, chacun à sa manière, les seuls pauvres de l'île.

Encore une cigarette avant de téléphoner. Elle se met à l'écoute de son corps. Il est pesant, comme d'habitude, mais le mal dort. Elle décroche et forme le numéro. La sonnerie, là-bas. Personne ne répond. Puis une voix très jeune, sans doute celle d'une infirmière.

— Puis-je parler à Mme Montano ? dit Julie.

— C'est de la part de qui ?

— De Mlle Julie Maïeul, l'ancienne pianiste... Oui... Je pense qu'elle se souviendra de moi.

— Je vais voir. Ne quittez pas.

Il y a un long silence, pendant lequel Julie essaie de se rappeler les détails les plus marquants de la vie de l'actrice. D'abord Montano, c'était son nom d'actrice. En réalité, elle s'appelait Negroni, par son mariage avec Mario Negroni, l'auteur d'un *Scipion l'Africain* bien oublié. Mais peut-être serait-il adroit de faire une allusion à ce film ? Et puis, ne pas oublier de lui parler de son fils, Marco, et de son petit-fils Alessandro.

Et soudain la voix un peu chevrotante de la vieille dame.

— Julie ? Est-ce possible ?... D'où m'appelez-vous ?

— Je vous expliquerai ; mais je viens d'apprendre ce qui vous est arrivé et j'en suis encore bouleversée. Comment allez-vous ?

— Maintenant, ça va mieux. Mais j'ai eu très peur.

Elle a conservé, malgré les années, malgré ses voyages autour du monde, malgré son habitude des langues étrangères, un accent napolitain qui ne va pas sans coquetterie et qu'elle affiche très discrètement, comme une façon de sourire.

— J'ai voulu prendre tout de suite de vos nouvelles, reprend Julie. Quand on parvient à nos âges, on n'a pas besoin de pareilles émotions.

— Oh ! n'exagérons pas ! Je n'ai pas été blessée. J'ai surtout été humiliée. Croiriez-vous que l'homme m'a giflée. C'est la première fois. Même mon pauvre père, qui pourtant n'était pas commode, surtout quand il avait bu, n'a jamais osé me toucher.

Elle rit, comme si elle venait de faire une confidence de petite pensionnaire, et questionne à son tour :

— Mais parlez-moi de vous, de votre sœur. Je sais qu'elle reste une gloire du violon, mais je suppose qu'elle ne joue plus. Elle doit avoir...

— Ne cherchez pas, dit Julie. Elle est presque centenaire.

— Comme moi, s'écrie Gina. J'aurais aimé la voir encore une fois.

— C'est facile. Nous habitons tout près de chez vous. *La Thébaïde*, ça ne vous dit rien ?

— Attendez donc. Est-ce que ce n'est pas cette résidence dont les journaux ont parlé ?

— Oui, c'est elle. Ma sœur y a acheté une maison, l'an dernier, et nous y vivons ensemble, parmi des gens charmants. La propriété est très surveillée. Nous ne risquons pas, nous, d'être attaquées.

— Quelle chance ! Écoutez, ma chère Julie, il

faut que nous prenions le temps de bavarder tranquillement. Je savais qu'il allait se passer des choses. Les cartes me l'ont encore dit ce matin. Pouvez-vous venir, toutes les deux ?

— Gloria, non. Elle ne souffre d'aucune infirmité, mais elle ne se déplace plus. Tandis que moi, malgré mes mains, je...

— Oh ! très chère, coupe Gina, et moi qui ne vous ai même pas demandé... J'ai tellement souffert pour vous quand j'ai appris que... Oh ! pardonnez-moi !

(Là, ma vieille, pense Julie, tu es en train de jouer la comédie.)

— Merci, dit-elle. Je me débrouille assez bien et je serais ravie de vous rencontrer.

— Eh bien, le plus vite possible, chère Julie. Je vous attendrai après le déjeuner... Mettons quatre heures. Comme je suis contente. Je vous embrasse.

Julie repose le téléphone. Eh bien, ça y est. Sans difficulté. Il ne s'agit pas encore d'un plan. N'allons pas trop vite. Mais c'est déjà l'amorce de quelque chose, qui demeure flou et cependant ressemble à un projet, à un regard jeté sur une espèce d'avenir. Elle n'est pas vraiment satisfaite. Elle se sent seulement un peu moins hostile, un peu moins glacée.

Elle appelle Clarisse, pour lui indiquer ce qu'elle souhaite manger au déjeuner. Elle téléphone ensuite au bureau pour disposer de la vedette, entre deux heures et deux heures et demie. Et pour profiter de ce petit élan qui la pousse agréablement vers l'après-midi, elle se choisit un bijou. Elle ne porte plus de bagues, depuis... Cela aussi fut un déchirement. Quand elle jouait, elle laissait ses bagues à l'hôtel, mais à peine revenue, elle se hâtait de les remettre, un diamant à la main gauche, un rubis à la main droite ; tout cela perdu dans l'accident. L'assurance, bien sûr. Et encore, pas sans tiraillement, sans discussions sordides. Restaient les colliers, les clips, les boucles d'oreilles ; elle a presque tout vendu, à l'insu de Gloria. Ces pierreries, ces brillants, lui rappelaient trop de choses. Elle n'a conservé que cinq ou six très belles pièces, dans un coffret qu'elle n'ouvre jamais. Aujourd'hui, il faut un événement exceptionnel pour l'arracher à son dénuement volontaire. Elle choisit un fin collier d'or ; elle se rappelle qu'il fut acheté à Londres, en 1922 ou 23. Il est toujours très beau, mais complètement démodé. Autrefois, elle l'agrafait elle-même, sur sa nuque, au toucher. Pourquoi faut-il que chaque souvenir soit une écorchure ? Elle sonne à nouveau Clarisse et lui tend le bijou.

— Tu veux me l'attacher ? Une lubie, Clarisse. Quand j'étais jeune, j'avais des envies, comme ça. C'était bon. Maintenant, je n'ai plus guère que des dégoûts.

Elle est habituée à parler devant Clarisse et Clarisse est habituée à se taire. Elle manœuvre adroitement le fermoir.

— Ne dis rien à Gloria, surtout. Elle qui n'a jamais assez de pendentifs et de perles quand elle reçoit, elle se moquerait. Sais-tu si le nouveau, le gros bonhomme, a emménagé ?

— Oui, Mademoiselle. Hier matin. On prétend qu'il possède un piano. J'ai entendu dire que tout le monde n'était pas d'accord, à cause du bruit.

— Ma sœur est au courant ?

— Oui, justement. C'est elle qui proteste le plus fort. Elle dit qu'un piano, c'est une nuisance.

— Ça ne m'étonne pas, ma pauvre Clarisse. Tu n'as pas compris. La nuisance, c'est moi. Le piano du voisin n'est qu'un prétexte. À propos, bien cuits, les spaghetti, s'il te plaît. Donne-moi ma canne. Je vais aller le rassurer.

Ce Holtz n'habite pas très loin, et d'ailleurs, à *La Thébaïde*, il n'existe pas de distances. Il n'y a que des intervalles fleuris, que d'astucieuses dénivellations transforment en trompe-l'œil. Hubert Holtz a acheté la villa de style provençal, qui fait un peu catalogue mais qui ne manquera pas de style en se patinant. Pour un homme seul, elle paraît bien vaste. Une allée, pavée de gros galets irréguliers qui la font ressembler à un gué, conduit à une porte rustique, grande ouverte.

— Quelqu'un ? appelle Julie.

— Entrez ! Entrez !

Holtz se précipite, saisit les poignets tendus et les secoue amicalement, en guise de poignée de main.

— Est-ce une visite, demande-t-il, ou un petit bonjour en passant ?

— Les deux. Une visite en passant. J'ai appris que certains voisins craignent déjà votre piano.

60

Cela ne les empêche pas de faire marcher leur télévision mais, voyez-vous, dans notre petite société d'individualistes, il y a une espèce d'opinion publique et il vaut mieux en tenir compte pour avoir la paix. Comptez sur moi. Je parlerai en votre faveur.

— Merci. Venez jeter un coup d'œil. Ici, c'est une sorte de salle commune, en cours d'ameublement.

Julie se promène lentement, approuve :

— Belle cheminée, dit-elle. J'aime beaucoup. Vous y ferez vraiment du feu ?

— Bien sûr. Un grand feu de bois. Un livre. Quoi de mieux ?

— Oui, peut-être, murmure-t-elle. Au début, j'imagine que cela plaît. Et là ?

— Ah ! là, c'est ma tanière.

Il l'invite à entrer et elle s'arrête sur le seuil, soudain bouleversée. La pièce est très vaste mais paraît petite à cause du superbe piano de concert qui en occupe tout le centre et brille de riches reflets comme une voiture de grand luxe dans une vitrine d'exposition.

— Un Steinway, dit Holtz. Une folie de ma femme. Elle l'a passionnément désiré avant de mourir. Je sais. C'est absurde mais je n'allais pas lui refuser cette joie. Elle n'avait plus la force de jouer ; elle se contentait d'appuyer au hasard sur une touche et d'écouter.

— Je peux ? demande Julie, d'une petite voix timide.

Holtz déploie pour elle le couvercle qui s'ouvre

largement et retient, comme dans un miroir, l'image ensoleillée de la fenêtre.

— Essayez, dit Holtz. Je vous vois tellement émue.

Elle se tait, fait à petits pas retenus le tour de l'instrument. Est-ce que c'est son cœur qui s'étouffe ou bien le mal qui se réveille ? Elle est obligée de s'asseoir dans un fauteuil.

— Chère amie, s'écrie Holtz, je ne pensais pas...

— Laissez. Ça va passer. Je m'excuse ; il y a si longtemps que...

Elle rassemble ses forces.

— Je voudrais...

— Oui... Dites !

— Je voudrais rester seule un tout petit moment, s'il vous plaît.

— Je vous en prie. Vous êtes chez vous. Je vais vous préparer une boisson légère.

Il s'en va, en évitant tout bruit. Julie regarde. Elle a honte, mais c'est plus fort qu'elle. Il faut, maintenant, qu'elle ait le courage de s'approcher du clavier. Il est là, devant elle, et elle surprend comme une sonorité qui naît dans les flancs du Steinway à mesure qu'elle tend les bras, comme si, déjà vivant, il était à son tour attentif à vibrer. Dehors, c'est la grande rumeur lointaine de l'été. Ici, c'est un silence qui écoute. Julie déploie machinalement ses doigts pour former un accord, puis s'immobilise. Elle ne sait plus où les placer. Son pouce est trop court. Le *la*, le *do*, mon Dieu, elle ne les reconnaît plus. Elle appuie sur une touche, le *fa* dièse, et la note, merveilleusement pure, se prolonge à l'infini, éveille autour d'elle des échos qui s'effacent peu à peu en songes, en souvenirs, et Julie ne se rend pas compte qu'elle a les yeux qui se mouillent. Elle ne peut retenir une larme, lourde et grasse, comme une goutte de résine qui suinte d'une écorce tailladée. Elle l'essuie rapidement. Elle n'aurait jamais dû.

Mais Holtz revient, portant deux verres où s'entrechoquent des glaçons.

— Alors, questionne-t-il, comment le trouvez-vous ?

Elle se retourne, son visage ridé n'exprime plus qu'une émotion de circonstance.

— Cher monsieur, il est splendide. Votre invitation est un cadeau. Je vous remercie.

Sa voix est ferme. Elle est à nouveau Julie sans nom et sans passé.

— Vous ne pouvez vraiment plus jouer ? s'inquiète son hôte.

— Impossible. Je sais que certains pianistes infirmes ont réussi malgré tout à se faire entendre, le comte Zichy par exemple, ou encore mieux, Wittgenstein, à qui Ravel a dédié son *Concerto en ré*, pour la main gauche. Mais moi, j'ai été mise en miettes. On s'y fait. C'est long, mais on s'y fait.

— Je suis désolé. Moi qui vous avais préparé cette boisson.

Elle sourit gentiment.

— Ça, dit-elle, je le peux.

Entre ses deux gants, avec la gaucherie d'un

ourson qui s'apprête à téter au biberon, elle saisit le verre et boit quelques gorgées.

— Ah ! soupire-t-il, je suis navré !

— Mais non. Ça a cessé d'être triste depuis longtemps... Vous permettez que je continue ma visite ?

Il y a encore des caisses non déballées, des tableaux, face aux murs, une bibliothèque encore démontée, des rouleaux de tapis ; mais rien n'est médiocre. Holtz est un homme de goût. Elle s'arrête.

— Au fait, je suis venue dans un but précis. Personne n'a le droit de vous empêcher de jouer, monsieur Holtz. Ma sœur est idiote. Non, ce n'est pas un effet de l'âge. Elle s'est toujours prise pour le centre du monde. Ici, c'est vrai, elle a beaucoup d'influence. Mais laissez-la grogner. Jouez souvent, en souvenir de votre femme. Et pour moi aussi. Vous me ferez plaisir. Là-dessus, je file. Rigolo, n'est-ce pas, d'entendre la tortue dire : je file. Où ai-je mis ma canne ? Vous savez pourquoi je me sers d'une canne ? Pour qu'on croie que j'ai une mauvaise vue. Alors, on regarde mes yeux, pas mes mains.

Elle fait entendre ce petit rire un peu méchant qui signifie que l'entretien est terminé. Il veut la raccompagner.

— Merci. Je vous en prie.

Rapide coup d'œil à sa montre. Juste le temps de déjeuner et de sommeiller un peu, avant de partir. Elle est fatiguée. Le contact de ce piano... Elle qui se croyait morte, enfin délivrée de la musique, malgré quelques bouffées de Debussy ou de Chopin qui de temps en temps venaient lui tourner la tête. Et maintenant, sa résolution est prise. Elle expédie son repas. Clarisse lui prépare une tasse de café.

— Quel est le programme de Gloria, aujourd'hui ?

— Elle doit raconter sa tournée au Mexique. Je l'ai aidée à chercher des photos. Et puis elle doit aussi faire entendre le concerto de Mendelssohn. Mme Gubernatis s'est excusée. Elle a prétendu que son mari souffrait d'un lumbago. Mme Gloria est furieuse. Elle dit que c'est une mauvaise excuse et qu'on ne s'installe pas à *La Thébaïde* quand on n'aime que l'accordéon. Ah ! elle n'est pas commode ! Une cigarette, Mademoiselle ?

— Oui, volontiers. Merci.

Une heure de chaise longue, maintenant ; le mal est assoupi. Les voix de l'été chuchotent. Il faudra décider la Montano. Ce sera dur. Il y faudra beaucoup de patience. Mais la patience, elle connaît. Elle écoute les cigales de midi, droguées de chaleur, et dont les stridulations percent les volets mi-clos. Si seulement Gina disait : oui. Après, c'est en paix qu'elle pourrait attendre la fin.

Clarisse vient l'examiner, quand le moment est arrivé de partir. Un peu plus de rouge aux pommettes ; le sac à main est vérifié, le porte-monnaie est convenablement garni, les kleenex, les clefs, le paquet de cigarettes et les allumettes ; tout y est.

À tout hasard quelques comprimés d'aspirine. Ah ! et puis la carte d'identité, les lunettes noires. Julie embrasse Clarisse sur chaque joue, comme c'est la coutume avant chaque sortie, et elle descend à petits pas vers le bateau.

Henri Vilmain est déjà là, encore sportif d'allure, pantalon gris et polo, un sac de cuir coincé sous l'aisselle, pour éviter de bourrer ses poches. Si Julie s'en souvient bien, il était quelqu'un d'important dans une société d'import-export. Bien entendu, il se croit obligé d'engager la conversation. Julie opine. Elle pense à Gina Montano, tout en faisant semblant d'écouter. Comment la convaincre ? Elle sait à quel point le grand âge vous pétrifie. On devient une espèce de chose intransportable. Gloria, malgré sa vigueur, ne se déplace plus qu'avec peine. Gina ne vaut sans doute pas mieux. On l'a vue récemment dans un téléfilm, mais c'était une reprise. Combien de films, quand on les rediffuse, sont déjà vieux de vingt ans ? La vedette croise des planches à voile, des jeunes qui agitent les bras, et la petite jetée grouille d'une foule de nudités couleur de pain trop cuit.

— Bonne journée, lance Henri Vilmain. Et souvenez-vous de ce que je vous ai dit. Faites-lui bien la commission.

Qu'a-t-il dit ? Quelle commission ? Dès demain, la rumeur circulera. « Cette pauvre Julie, elle n'a plus toute sa tête. On croit qu'elle vous écoute. Elle a déjà oublié. » Tant mieux ! Si elle réussit, personne ne soupçonnera la vérité. Elle trouve tout de suite un taxi.

— À Cannes, boulevard Montfleury, villa *Les Caroubiers*.

Elle se pousse tout au fond de la voiture, bien décidée à ne pas regarder autour d'elle. Toute cette agitation tellement inutile ! À un carrefour, des C.R.S., une ambulance, une auto qui agonise. Cela arrive donc aux autres ! Elle ferme les yeux. Chacun son cauchemar. Donc, elle flattera Gina, lui parlera de... Ah ! elle aurait dû lui apporter des dépliants montrant la vue d'ensemble de *La Thébaïde* prise d'un hélicoptère, les villas, les jardins, le port privé et les parties communes, le solarium, le tennis en construction, et naturellement, de tous côtés, l'immensité bleue de la mer. C'est vrai qu'elle n'a plus toute sa tête. Se priver de sa meilleure carte ! Dès demain, elle enverra à Gina toute la documentation.

Voici la ville. Horrible, d'habiter là-dedans. Elle n'aura pas de peine à s'enthousiasmer, quand elle vantera les charmes de la résidence. La voiture stoppe et Julie tend son porte-monnaie au chauffeur.

— Payez-vous. Je ne peux pas attraper ma monnaie.

L'homme ne s'étonne pas. Encore une cliente qui a bu un peu trop. Il l'aide à descendre. On n'a pas idée de se mettre, à son âge, dans un état pareil.

— Hé ! madame... Votre canne.

Il hausse les épaules, tandis qu'elle longe, en

hésitant, l'allée bordée de buis. Il y a des pelouses, des tourniquets qui promènent à petit bruit des gouttes brillantes. Belle demeure, mais pourquoi ces trois marches pour aborder le vestibule ? Qui pense aux vieux, aujourd'hui ? Vaste hall, aux plantes vertes et jet d'eau dans un petit bassin à poissons rouges.

— Hé ! madame... madame...

La concierge qui lui court après, cheveux bien tirés, vêtements noirs, façon nurse.

— Où allez-vous ?

— Chez Mme Montano.

— Ah ! parfaitement. Elle m'a prévenue. C'est au premier.

Et, dans l'ascenseur, elle explique.

— La personne qui s'occupait de Mme Montano l'a quittée, après l'agression. Alors, c'est moi qui la remplace jusqu'à l'arrivée d'une nouvelle dame de compagnie.

Elle tient la porte de l'ascenseur pendant que Julie remet pied à terre et elle sonne, puis ouvre la porte blindée.

— Eh oui, dit-elle. Le voyou l'a attaquée au moment où elle rentrait chez elle. Il l'a poussée à l'intérieur et l'a bousculée. Il a suffi de quelques minutes. J'étais à la cave et je n'ai rien vu. Ah ! je vous jure qu'il faut faire attention !

Elle crie :

— Madame, c'est votre visite.

Puis ajoute à voix basse :

— Elle est un peu sourde. Parlez lentement... Tenez, la voilà.

Et Julie voit arriver, du fond d'un couloir brillamment éclairé, une petite vieille qui a fait toilette et scintille en marchant. On ne lui a pas tout volé. Elle commence, du plus loin :

— Ma bonne Julie, comme je suis heureuse de te voir. Tu n'as pas changé. Quelle bonne idée ! Et moi, comment me trouves-tu ?

Et Julie comprend que son rôle va surtout consister à écouter.

— Viens que je t'embrasse. Tu permets que je te tutoie. À mon âge, je suis même prête à tutoyer le Bon Dieu. Fais voir tes pauvres mains. Seigneur ! Quelle horrible chose.

Sa voix semble rouler un sanglot, mais tout de suite elle reprend avec entrain :

— Prête-moi ton bras. Tu es forte, toi, avec tes quatre-vingt-neuf ans, tu n'es qu'une gamine. Quand tu penses que moi, je vais sur mes cent ans ! Mais je n'ai pas à me plaindre. Je vois bien. J'entends bien. Il y a mes jambes. Elles ne sont plus ce qu'elles étaient... Par ici... Allons au salon... Dire que j'ai pu, autrefois, monter à cheval des journées entières... Te rends-tu compte que j'ai joué avec Tom Mix !... Prends ce fauteuil.

« Ça va être dur », pense Julie.

Elle regarde celle qui fut la Montano, l'actrice aussi célèbre que Mary Pickford. Elle s'est ratatinée, rabougrie, mais son visage, trop fardé, conserve quelque chose de jeune, de vif, à cause des yeux qui brillent d'une espèce de joie de vivre. La petite fille qui allait vendre des fleurs à l'arrivée des paquebots est encore là, comme une ombre encore saisissable malgré l'usure du temps. Gina offre une bonbonnière bourrée de chocolats.

— J'espère, dit-elle, que tu es gourmande. L'amour, pour nous, c'est fini. Mais il nous reste les sucreries.

Elle rit avec une gaieté qu'elle essaie de réprimer en cachant sa figure derrière ses mains jointes. Elle n'a jamais eu de belles mains, mais l'arthrose a déformé ses doigts ; elle surprend le regard de Julie et s'attriste aussitôt.

— Tu vois. Je suis comme toi. Je n'ai plus que des pattes. Pour Gloria, ce n'est pas pareil ?

— Non. De ce côté-là, elle a de la chance.

— Pardon.

— Je dis qu'elle a de la chance.

— J'aimerais bien la voir.

— Eh bien, venez. Ce n'est pas loin. Et ça lui ferait tant de plaisir... Et puis, là-bas, vous pourriez rencontrer beaucoup d'admirateurs. Tenez, hier, comme je parlais de vous avec un ami, savez-vous ce qu'il m'a dit ?

Gina est suspendue à ses lèvres. Elle attend le compliment comme un enfant qui convoite un gâteau.

— Il m'a dit : la Montano, ça, oui, c'était une star. Maintenant, il n'y a plus d'artiste comme elle.

Gina saisit la main gantée de Julie et la porte à ses lèvres, avec un élan d'émotion.

— Je t'aime, toi, tu sais. Ça fait du bien d'entendre ça. Il y a des mois que mon téléphone ne sonne plus. L'oubli, ma pauvre amie. L'oubli !

70

Personne ne peut comprendre ça. Oh ! pardon, *mia cara*, toi aussi, c'est vrai. Mais toi, tu as l'habitude. Tandis que moi !... Depuis deux ans, rien. On a eu besoin alors d'une très vieille femme pour un rôle de paralytique. Bon. Ce n'est pas très flatteur, mais ça ne me gêne pas. Je mets une perruque toute défraîchie, j'enlève mon dentier. J'ai tout de suite l'air de la fée Carabosse. Eh bien, il faut croire que les horribles sorcières, au cinéma et à la télé, c'est fini. Plus de Gina. C'est bien triste.

Elle sort de sa poche un mouchoir de dentelle qui répand un violent parfum de jasmin et se tamponne les yeux. Puis elle tend la main à Julie.

— Aide-moi, tiens. Depuis que j'ai été battue, je n'ai plus de jambes. Viens, que je te montre mon appartement. Ici, c'est mon bureau... Mais j'ai un homme d'affaires, maintenant, qui s'occupe de tout... Et là, c'est ma salle de séjour, dont j'ai fait un peu n'importe quoi. Il y a des livres, des cassettes, de vieux films que je ne regarde jamais.

Elle s'arrête devant Julie et, de son index pointé, lui donne de petits coups sur la poitrine.

— Je n'ai plus de goût à rien. J'ai peur. Tiens, mes papiers. Ils sont là, sur la console. Je n'ose plus y toucher.

Julie voit le passeport et la carte d'identité.

— On me les a rapportés, continue Gina. Ils traînaient dans un ruisseau.

Julie, curieuse, ouvre le passeport maculé.

« Gina Montano... née... fille de... 1887. » Oui, bon !

Ses yeux courent de ligne en ligne. Elle sourit. Gina la tire par la manche.

— Viens. Je veux te montrer la cuisine. Au fond, c'est dans cette pièce que je me tiens presque tout le temps.

Et Julie ne peut retenir un mouvement de surprise. Les murs sont entièrement recouverts d'affiches, comme on en voyait à l'entrée des petits cinémas de quartier. Gina dans les bras de Tyrone Power. Gina dans *Ardent Vésuve*, avec un acteur calamistré, vêtu d'une peau de léopard. Gina dans *Le Mystère du bungalow*. Là, elle braque un revolver sur un homme qui saute par une fenêtre... Et un peu partout, du sol au plafond, des baisers, des enlacements lascifs. En gros caractères : GINA MONTANO.

Gina regarde, elle aussi. Mains jointes.

— Toute ma vie, murmure-t-elle.

Et elle ajoute, d'un ton qui se veut léger :

— Tous ceux-là ; Boyer, Errol Flynn, Montgomery, Robert Taylor, tous, ils m'ont tenue contre eux. Je m'en souviens encore. Tu vois. C'est trop tard pour déménager.

— Pas du tout, proteste Julie. Au contraire, vous venez de me donner une idée. Votre place est à *La Thébaïde*, parmi nous.

— Trop tard. C'est trop tard, je t'assure. Oh ! j'ai déjà reçu des offres. Mon fils est venu entre deux avions. Il est prêt à m'acheter un nouvel appartement, mieux protégé. Mais tu me vois, moi qui ai passé mon existence à courir d'une demeure à l'autre... Je suis une bohémienne de luxe, ma pauvre Julie. Ma vraie place, elle est au cimetière.

Cette fois, elle pleure sans retenue. Elle n'est plus qu'une très vieille femme solitaire et terrifiée. Elle s'appuie sur Julie.

— Merci, chuchote-t-elle. Merci d'être là... Oui, tu as raison. Si on voulait de moi, chez vous. J'y trouverais peut-être le repos. Tu veux un espresso ? Laisse-toi faire. Mets-toi là, près du four.

Sa voix s'est affermie. Elle montre une affiche qui représente un chariot de pionniers entouré d'Indiens belliqueux. Sur le siège, soutenant le conducteur mort, elle brandit un winchester. Cela s'appelait : *L'Appel de l'Ouest*.

— Tu vois, dit-elle, je cherchais déjà la terre promise. Combien de sucres ?

Elle s'assied à côté de Julie et la regarde avec angoisse.

— Tu crois qu'on m'accepterait ?

— On nous a bien acceptées, Gloria et moi.

— Ce n'est pas pareil. Vous avez été, toutes les deux, des artistes incomparables.

— Dites tout de suite qu'on est des pièces de collection.

— Mais moi, Julie, avec mes aventures, mes amants, mes divorces.

— Oh ! si vous allez par là, Gloria s'est mariée cinq fois, sans parler des drames qui l'ont marquée... Un fiancé tué à Verdun, un mari juif mort en déportation, un autre abattu par l'O.A.S., le dernier s'est suicidé et il y en a un autre qui... Non, je ne me rappelle pas.

— Raconte, raconte, murmure Gina avec avidité. J'adore qu'on me raconte. Tous riches, bien entendu.

— Évidemment. Gloria a toujours su où et quand et avec qui il fallait tomber amoureuse.

— Et toi ?

— Moi ?... J'ai essayé de me supprimer, et après j'ai plus ou moins traîné de maison de santé en maison de santé, sortant d'une dépression pour replonger dans une autre.

— Oh ! *mamma mia*, c'est affreux ! Et maintenant, tu es guérie ?

— À chaque printemps, j'attends que mes doigts repoussent, si vous voulez savoir. Il y a soixante-trois ans que j'attends.

— Tu me navres, Julia. Et tu as l'air, malgré tout, de garder une espèce d'entrain ! J'ai honte de moi... Alors, si j'allais là-bas, je serais bien reçue ?

— À bras ouverts. Pour eux, nous sommes des animaux rares ; nous sentons la jungle. La jungle à domicile, Gina, quelle aubaine ! Il reste à vendre une belle villa, *Les Soleils*. C'est sûrement très cher mais ce n'est pas pour vous arrêter.

— Non. Encore une tasse ? Tu n'es pas pressée.

— Même si je l'étais, un café comme celui-là mérite le détour.

— Alors, attends.

Gina ouvre le tiroir de la table et en tire un jeu de tarots.

— Coupe !

De la part de Julie, ce ne fut ni de l'entêtement ni même de la persévérance. Plutôt une sorte d'amusement apitoyé. Comme s'il était capital que Gina vînt à *La Thébaïde*. Comme si quelque chose au monde était capital. Et, tout en se moquant de ce projet, elle tenait pourtant à le faire aboutir. Pour voir ! Exactement comme un savant un peu fou qui est bien résolu, à ses risques et périls, à mettre en contact des produits aux propriétés mal connues. Elle se donna beaucoup de peine. Elle envoya à Gina les dépliants qui vantaient les beautés, les avantages et les mérites de *La Thébaïde*. Elle se procura les plans des *Soleils*, disposition des pièces, dimensions, orientation (car Gina voulait coucher dans un lit orienté nord-sud). Elle lui communiqua la liste des propriétaires, avec toutes sortes de détails biographiques. Ah ! elle pensa aussi à noter la fréquence et l'intensité des vents dominants, car Gina redoutait le mistral. Et chaque document était abondamment commenté au téléphone, et

Julie n'hésitait pas à se rendre à Cannes, quand elle sentait qu'il y avait quelque nouvelle difficulté à vaincre. Souvent, la fatigue et la douleur la ployaient en deux et alors elle se réfugiait dans un café si elle se trouvait à terre, ou dans son fauteuil, si elle avait la chance d'être chez elle. Il lui arrivait de penser qu'il n'était peut-être pas trop tard et que l'opération la sauverait. Elle pouvait encore choisir, mais elle laissait passer les jours parce que ce qui était décidé était décidé. Un matin, Gloria la reçut avec de grandes manifestations de tendresse.

— Tu es bien joyeuse. Qu'est-ce qui t'arrive ?

— Tu ne devinerais jamais. Viens t'asseoir près de moi. Ah ! j'ai vraiment de bons amis !

— Eh bien, parle.

— Notre présidente...

— Mme Genson-Blèche ?

— Oui. Elle sort d'ici. Elle est venue me faire signer un papier. Et tu sais ce qu'il contient, ce papier ? Ma demande de décoration, car il faut demander à être décoré. Ce n'est qu'une formalité, bien sûr. Mais on doit signer. Alors, elle s'est chargée de tout. Elle a elle-même copié la formule et voilà... Je serai décorée le jour de mon anniversaire. J'aurai la Légion d'honneur... Pour me prouver qu'on ne m'oublie pas. Tu vois, je suis tellement heureuse que... Et toi, ça ne te fait pas plaisir ? ... Remarque que dans une dizaine d'années, tu l'auras à ton tour. Il n'y a pas de raison. Surtout, n'en dis rien à personne. Il s'agit d'une surprise que tout le monde me prépare.

Elle cacha son visage dans ses mains pour dissimuler sa joie et lança, derrière ses doigts croisés : « Vivement le 1er novembre ! »

« Je n'y serai sans doute plus », songea Julie.

Elle dit :

— Je suis contente pour toi. Tu mérites d'être décorée.

Gloria abaissa ses mains dont les bagues scintillaient, et regarda sa sœur avec méfiance.

— C'est bien vrai ?

— Oui, je t'assure. Je me tairai. Promis.

Elle se pencha sur le lit et déposa un petit baiser sec sur le front à peine ridé de Gloria, et Gloria la retint par la manche.

— Avant de sortir, tu veux mettre en marche l'électrophone. Tout est prêt. J'ai envie d'écouter le *Rondo capriccioso*.

Julie appuya sur la touche et retourna chez elle. Tout de suite, elle appela Gina.

— C'est moi, chère Gina. J'ai appris que *Les Soleils* intéressent un négociant de Lyon... Je ne possède aucun détail mais je vais me renseigner. Si je peux me permettre un conseil, vous devriez vous décider vite. Sinon, l'affaire vous filera sous le nez.

Chaque mot ressemblait au déclic d'une serrure à secret. Julie avait l'impression de verrouiller l'avenir. Il n'était déjà plus possible de revenir en arrière.

— J'aimerais quand même voir cette maison de mes yeux, dit Gina. Les plans, c'est bien joli, mais il y a tout le reste, la lumière, les odeurs... Et puis, il y a encore une chose qui me gêne. Le nom de la maison : *Les Soleils,* c'est parfait. Ça me plaît beaucoup. Mais pourquoi n'a-t-on pas choisi, pour l'allée, le nom de Van Gogh ? Ce serait tellement plus indiqué. Est-ce qu'on ne pourrait pas rebaptiser la rue ?

Julie étouffait de colère.

— Ça peut s'arranger, dit-elle. Mais il faudrait d'abord que votre notaire prenne contact avec le groupe immobilier qui gère *La Thébaïde.* Je n'entends rien aux affaires, mais il me semble que vous auriez intérêt à vous déclarer officiellement. Et ensuite, il serait assez facile d'organiser une visite.

— Je vais y penser. Merci. Quels sont les moyens de locomotion, à l'intérieur de la résidence ? Tu ne m'en as pas parlé.

— Tout a été prévu, ma chère Gina. Nous disposons de deux chariots, pareils à ceux qu'on utilise sur les terrains de golf pour transporter le matériel. Ce sont nos mulets. Ils servent à tout.

— Le médecin de garde, à *La Thébaïde*, il est bien ?

— Le Dr Prieur ? C'est un homme d'une soixantaine d'années, qui est sûrement très compétent. Mais, en cas d'urgence, il ferait venir un hélicoptère. Le cas ne s'est pas encore présenté.

Là-bas, Gina qui aimait la palabre autant qu'un griot africain cherchait pour le plaisir d'autres questions à poser, et Julie rongeait son frein. Mais elle devait convaincre, à tout prix.

— As-tu pensé à ta sœur, reprit Gina. Tu crois qu'elle me verra débarquer d'un bon œil ?

— Gloria ? Mais elle sera ravie. D'abord, vous n'êtes pas n'importe qui. Voyons, Gina, quelle est la communauté qui ne serait pas fière de vous accueillir ? Et puis vos routes se sont croisées plus d'une fois. Quand vous tourniez à Hollywood, Gloria a donné toute une série de concerts en Californie.

— Oui, je m'en souviens parfaitement.

— Alors, vous voilà déjà en pays de connaissance.

— Oui, oui, fit Gina, toujours réticente, mais deux centenaires à la fois dans une petite société comme la vôtre, est-ce que ça ne risque pas de peser lourd ?

— Comment ça ? Vous n'êtes grabataires ni l'une ni l'autre, Dieu merci. Que certains vieillards deviennent un fardeau, d'accord. Mais vous deux, chère Gina, vous jouissez d'une jeunesse d'esprit que tout le monde vous envie. Franchement, est-ce que j'exagère ?

— J'admets...

— Et puis, attention. Chacun, à *La Thébaïde*, vit chez soi et pour soi. N'allez pas vous imaginer qu'on a toujours des voisins sur le dos. On a plaisir à se rencontrer, bien entendu, mais ça ne va pas plus loin. Tenez, moi, par exemple, je salue parfois des gens à qui je n'ai jamais adressé la parole.

— Vous n'avez pas d'amis, dit Gina, méfiante.

— Moi, non. Je ne suis pas très liante. Mais

80

Gloria, oui. Elle reçoit beaucoup. Autre chose, qui a son importance. Vous vous sentirez bien protégée, dans une île, mais s'il vous prend envie de vous évader un peu, eh bien, vous allez à terre. Vous faites tranquillement votre petit shopping. Un taxi vous ramène au port et la vedette vous rapatrie sans fatigue. À aucun moment, vous n'aurez l'impression d'être prisonnière.

— C'est bien tentant, avoua Gina. Vous plaidez comme si vous aviez un intérêt personnel dans cette affaire.

— Mon intérêt, c'est vous, Gina.

— Merci. Je vais réfléchir encore un peu. Est-ce que je ne pourrais pas venir passer deux jours à *La Thébaïde*... à l'essai, tu comprends. Simplement pour tâter le terrain.

Julie s'essuya la figure d'un revers de poignet. Elle était à tuer, cette bonne femme !

— Facile, dit-elle. Nous avons six chambres réservées aux hôtes de passage, justement. Je vous en retiens une ?

— Je t'appellerai demain pour te donner ma réponse. Tu es un amour. À demain.

Épuisée, Julie reposa le téléphone et alluma une cigarette. Pour la sortir de son trou, cette vieille, il en fallait de l'ingéniosité ! Elle flairait quelque chose d'un peu tordu. Peut-être fallait-il se garder d'insister, mais si cette étrange discussion s'éternisait... «Finalement, dit Julie à haute voix, c'est moi qui n'aurai plus le temps. »

Elle reprit le téléphone et appela le Dr Moyne.

— Julie Maïeul à l'appareil. Je voudrais...

— Oui, je vous le passe, dit la secrétaire.

— Comment ça va ? demanda le docteur. Que m'annoncez-vous ?

— Ce que vous savez déjà, et cette fois je confirme. Je refuse d'être opérée.

Il y eut un silence. Elle entendit crépiter la machine à écrire.

— Vous avez bien réfléchi ? dit enfin le docteur.

— J'ai tout pesé, le pour, le contre. C'est décidé.

— Vous êtes libre, évidemment, mais cela ressemble beaucoup à un suicide.

— Il n'y a que les vivants qui se suicident. Tout ce que je souhaite, c'est de ne pas trop souffrir et que ça aille vite.

— J'aimerais vous revoir, quand même. Vous me mettez dans une situation impossible. Mon devoir est de vous aider à lutter ; vous vous rendez bien compte.

— J'y penserai. Si j'ai besoin de certains calmants, j'espère que vous me les donnerez. C'est tout ce que je demande.

— Est-ce que vous souffrez en ce moment ?

— Pas du tout. J'ai en tête quelque chose... une espèce de projet... qui me mobilise complètement. D'après vous, une préoccupation dominante pourrait entraîner une rémission momentanée du mal ?

— Certainement. Quand nous disons à nos malades que le meilleur des remèdes c'est le vouloir vivre, il ne s'agit pas de vouloir abstraitement, dans le vide, mais de s'accrocher à quelque chose de positif.

— Merci. Voilà ce que je voulais entendre. Alors, je tiendrai. Et je vous appellerai de temps en temps. À bientôt.

La fumée de sa cigarette la faisait larmoyer. Avec ses poings elle se frotta les yeux. Bien sûr qu'elle tiendrait. Elle regarda l'heure. La matinée n'était pas encore très avancée. Par où, par qui commencer ?

Elle se décida pour Hubert Holtz. Retenir une chambre pour deux jours, ce n'était pas le meilleur moyen de tenter Gina. Il fallait lui offrir quelque chose de plus accueillant que l'hôtel, afin que d'emblée elle sente autour d'elle une ambiance chaleureuse.

Si Holtz voulait bien faire un geste ! Qui s'étonnerait, à *La Thébaïde*, s'il s'offrait à recevoir une artiste célèbre ? Et lui qui avait été difficilement accepté, à cause de son piano, serait cette fois considéré comme un voisin à ménager.

Julie fit venir Clarisse pour discuter avec elle le menu du déjeuner... Une omelette aux fines herbes, soit. Et un flan. Non, pas de flan. Trop d'œufs. Quelques biscuits à la cuillère, mouillés de bordeaux.

— Ne t'inquiète pas. Je vais me promener. J'ai l'intention de demander un service à M. Holtz. Mais n'en parle pas à Gloria. Quels sont ses projets pour l'après-midi ?

— Elle offre un thé à quelques amies et puis je

crois qu'elle a l'intention de leur raconter ses démêlés avec Toscanini.

— Si elle te parle de moi, dis-lui que je suis un peu fatiguée. Elle n'insistera pas. Elle n'aime pas les gens fatigués.

L'été flamboyant déchaînait les cigales. Julie se mit en route à petits pas, mesurant ses forces. Il ne lui était pas nécessaire de résister pendant des mois. Juste le temps d'amener Gina à acheter *Les Soleils*. Après... Eh bien, la mèche se consumerait d'elle-même. Cela irait plus ou moins vite mais l'étincelle finirait bien par atteindre son but. Et si elle venait à s'éteindre en chemin, alors, tant pis. Quand les choses se dérobaient devant Julie, elle se réfugiait dans sa solitude intérieure, ce qu'elle appelait sa philosophie du fétu. Qu'est-ce que je suis ? Un fétu. Même pas. Une moisissure à la surface du monde. Je m'agite, et pourquoi ? Je ne crois ni à la bonté ni à la justice. Mais j'ai bien le droit de pousser un cri quand on m'écrase.

L'allée était bien longue. De loin en loin, un voisin agitait la main pour la saluer. Elle levait sa canne avec une grande affectation de cordialité. Elle savait que, derrière son dos, on murmurait : « La pauvre vieille ! Il y en a quand même qui n'ont pas de chance. » Les imbéciles ! Ils ne se doutaient pas que cette malchance, maintenant, c'était sa force.

M. Holtz ratissait sa petite cour, que les déménageurs avaient malmenée. Il vint au-devant de Julie.

— Aurais-je droit à une visite ? dit-il. Entrez donc. Mon installation tire à sa fin.

— Vous vous habituez bien ?

— Oh ! parfaitement ! Mon seul problème, c'est le piano. À quelle heure voulez-vous que j'en joue ? Le matin, ici, on fait la grasse matinée. L'après-midi, c'est l'heure de la sieste. Et le soir, mes voisins regardent la télévision. Je suis toujours sûr d'embêter quelqu'un. Et comme je suis d'un naturel un peu sauvage, depuis que j'ai perdu ma femme... je n'ai personne avec qui causer.

— Et si vous aviez quelqu'un ? demanda Julia.

— Quoi ! Vous connaîtriez... ?

— Peut-être. Allumez-moi une cigarette. Je ne cesse plus de fumer, maintenant. Merci. J'ai pensé à quelque chose. Si vous avez lu le journal, vous savez que Gina Montano, à Cannes, a été assaillie par un loubard et dévalisée.

— Oui. Je l'ai appris.

— Je suis allée lui rendre visite, car, autrefois, nous avons eu l'occasion de nous rencontrer. Or, Gina veut absolument vendre son appartement. Depuis qu'elle a été attaquée, elle ne se sent plus chez elle. Naturellement, je lui ai parlé de *La Thébaïde*, et elle aimerait beaucoup nous rejoindre. Elle serait disposée à acheter *Les Soleils*.

— Mais...

— Attendez. Je n'ai pas fini. Elle désirerait d'abord venir passer quelques jours ici... pour

tâter le terrain, voir si elle se plairait. Elle a beaucoup roulé sa bosse mais enfin, à son âge...

— Au fait, quel âge a-t-elle ?

— Elle n'a plus d'âge. Elle est comme ma
sœur. Et une santé de fer, aucune infirmité, à part
un peu de surdité. Elle se déplace sans l'aide de
personne et, le croiriez-vous, elle est d'une gaieté
de gamine. C'est pourquoi... ne m'avez-vous pas
dit que votre villa est un peu grande ?

— Ah ! je vois !

— Non, non. Ce n'est pas ce que vous croyez.
D'ailleurs, vous n'auriez pas le droit de louer.
Non. Mais vous pourriez peut-être lui offrir l'hospitalité, juste pour quelques jours. Si on la loge
dans une des chambres réservées aux visiteurs,
elle aura l'impression de se trouver dans une maison de retraite. Tandis que si elle se voit traitée
en invitée, elle qui est encore très fière, elle s'ac-
climatera tout de suite. Je sais bien que je prends
avec vous des libertés impardonnables. Mais je ne
suis pas venue en solliciteuse. Simplement en
informatrice. Gina serait une excellente recrue.
Vous pensez, la grande Gina !

— Oui, mais... la grande Gloria !

— Oh ! il n'y aurait pas d'offense !

— Je n'en suis pas si sûr.

Il préparait deux jus de fruits, avec des gestes
rapides et efficaces, se déplaçant sans bruit en
homme qui a l'habitude de soigner un être cher.
Il devina Julie.

— Ma femme, dit-il... La sclérose en plaques.
Horrible ! Attendez, je vais vous donner une

paille, ce sera plus commode. Oui, je veux bien croire que votre sœur ne ferait pas de difficultés, mais quand je vois comment elle a mené campagne contre moi, à propos du piano... Écoutez, on peut toujours essayer.

Julie sourit, son premier sourire depuis... Mais peu importe.

— Et la curiosité, dit-elle, qu'est-ce que vous en faites ? Vous oubliez qu'ici la curiosité est comme une nourriture. Savoir ! S'informer ! Se renseigner ! Consommer du voisin ! Créer sur place l'événement puisque le monde extérieur est laissé à la porte. Même Gloria voudra sa part de confidences. N'ayez pas peur. Gina Montano sera pendant longtemps son plat de résistance.

Holtz leva son verre.

— À la vôtre ! Vous m'avez convaincu. Reste à savoir si mon invitation sera acceptée.

— J'en fais mon affaire.

— Alors, venez visiter la chambre que je lui offrirai. Elle est de plain-pied avec le jardin.

Il offrit son bras à Julie et ils gagnèrent l'arrière de la villa.

— Superbe, s'écria Julie. Cher monsieur, vous êtes un artiste.

— Pas moi, protesta-t-il. Ma femme. Ces tableaux, ces tapisseries, ces meubles, c'est elle qui a tout choisi.

— Gina va être enthousiasmée, dit Julie. Savez-vous, nous allons l'appeler tout de suite. Comme ça, vous pourrez vous joindre à moi.

— Mais, objecta Holtz, je dois d'abord prévenir notre présidente, vous ne croyez pas ? Je suis le dernier venu et, par simple courtoisie...

— Laissez. Je réglerai la question tout à l'heure. Si vous commencez à demander des permissions, vous perdrez la face. Ici, en dépit des apparences, c'est une tribu, avec ses dominants et ses dominés. J'ai beaucoup appris en lisant les ouvrages de Jane Goodall sur les chimpanzés.

Holtz éclata de rire.

— Ma chère amie, vous avez une façon de plaisanter...

— Mais je ne plaisante pas. J'ai simplement rencontré beaucoup de monde, de maison de repos en maison de santé. Bon. Mettons que j'exagère un peu et allons téléphoner.

Gina était chez elle.

— Oh ! *cara mia*, comme je suis contente ! Je m'ennuyais tellement, tu ne peux pas savoir.

— Je ne suis pas seule, dit Julie. Il y a près de moi un charmant voisin de *La Thébaïde*, M. Hubert Holtz, qui serait tout prêt à vous accueillir chez lui pour quelques jours. Il habite une superbe maison, trop grande pour lui... et d'ailleurs, je vous le passe.

— Allô ? Madame Montano ? Hubert Holtz... Je suis infiniment flatté de parler avec une actrice aussi célèbre. Mlle Maïeul m'a mis au courant de tout, votre agression, votre détresse... Si vous voulez bien accepter mon invitation, ma maison est à votre disposition... de grand cœur... je vous assure... Quoi ?... Vous pleurez !

(— Elle a la larme facile, chuchota Julie.)

88

— C'est de joie, fit Gina.

— Ah ! bon. C'est que vous êtes d'accord. Dans ce cas, rien de plus simple. Ma voiture est au garage à Hyères. Je vais vous chercher. C'est une Mercedes, elle est vaste. Vous pourrez prévoir un important bagage. Ensuite, je vous installe. J'ai sous la main tout le personnel dont vous aurez besoin. Je vous promets que nul ne vous dérangera. Je vis seul et... Pardon ?... Oh ! mais, votre arrivée n'aura rien de clandestin. Tout sera fait dans les règles. Merci. Je vous repasse votre amie.

— Allô, Gina ?... M. Holtz est un homme de cœur, voilà tout. Et de goût. Il vous réserve une chambre, je ne vous dis que ça. C'est bien simple, des tapis aux tableaux, tout est signé. Vous oublierez vite vos malheurs... Écoutez, Gina, s'il vous l'offre, c'est que ça ne le gêne pas. Alors, moi, je vous conseille de dire oui, sans vous embarrasser de scrupules déplacés. Votre âge impose le respect, la considération, sans parler de l'admiration qui vous est due. Celui qui est l'obligé de l'autre, c'est M. Holtz... Je vous rappellerai tout à l'heure.

Elle raccrocha. Enfin ! C'était gagné. La suite... Mais quand le ver est dans le fruit, il ne cesse plus de ronger.

On ne sut pas, tout d'abord, à *La Thébaïde*, que Gina Montano était arrivée. On apprit qu'une personne, qui semblait assez âgée, avait été conduite chez M. Holtz ; quelque parente sans doute. Le concierge et son frère avaient dû charger dans le mulet trois valises ; « des bagages superbes », avait remarqué Roger. M. Holtz avait engagé pour un mois les deux femmes de chambre espagnoles qui servaient chez l'ancien consul du Danemark, parti en croisière avec sa femme. Bref, pas de quoi se poser des questions. Du côté de la réception, silence et discrétion. La présidente détestait les commérages. Cependant, Mme Bougros, passant devant *Les Tulipes*, aperçut, dans une pièce du rez-de-chaussée, la silhouette un peu cassée d'une vieille dame en grande conversation avec M. Holtz et pensa que c'était probablement sa grand-mère. Mme Lavelasset rapporta le fait à Gloria. Cela méritait, malgré tout, d'être étudié. Il était vraiment cachottier, ce voisin, par ailleurs charmant. Pourquoi faire un mystère d'une chose aussi naturelle ? On serait heureuse, au contraire, d'inviter la vieille dame.

— Sauf si elle est malade, dit Gloria.

Mme Bougros, interrogée, déclara que la personne qu'elle avait vue ne s'appuyait pas sur une canne et ne donnait pas du tout l'impression d'être en mauvaise santé.

— Quel âge, à votre avis, peut-elle avoir ? continua Gloria.

— Oh ! pas jeune ! Je dirais dans les quatre-vingts.

— Mais, reprit Gloria, puisqu'elle est venue par la vedette, il n'y a qu'à interroger notre matelot. Kate, voyez donc cela. Notez que c'est sans importance. M. Holtz est bien libre d'inviter qui il veut.

Or, Kate découvrit quelque chose qui stupéfia Gloria et ses amies. Julie avait fait la traversée en même temps que M. Holtz et l'inconnue.

— Ça, c'est tout ma sœur, dit Gloria. Au lieu de me parler de cette rencontre, pensez-vous ! Bouche cousue. Et elle est comme ça pour tout. Il faut lui arracher les mots. Mais faites-moi confiance. Je me charge de la confesser.

Elle attendit Julie avec impatience, et quand Julie vint, comme chaque soir, lui souhaiter la bonne nuit, elle attaqua sans préambule :

— Cette vieille dame qui habite maintenant chez M. Holtz, tu la connais ?

— Non, dit Julie.

91

— Enfin, vous avez bien échangé quelques mots, à bord du bateau.

— Non. Je n'écoutais même pas. Elle s'entretenait avec M. Holtz et ça ne me regardait pas.

— Tu es vraiment une drôle de fille. Mais, à leur façon de parler, tu as bien dû remarquer s'ils étaient parents.

— Non. Je ne crois pas. J'ai seulement remarqué qu'elle a un accent.

— Ah ! tu vois ! Quel genre d'accent ?

— Eh bien, je dirais « espagnol », ou peut-être « italien ».

— Essaie de te rappeler.

— Plutôt italien.

— Alors, ce n'est pas sa grand-mère. Hubert Holtz est alsacien. Pamela Bougros, qui l'a aperçue, lui donne autour de quatre-vingts ans. Et toi ?

— Moi, je m'en fiche. Quatre-vingts, quatre-vingt-dix, quelle différence ?

— Je n'aimerais pas ça, voilà tout. Ici, ce n'est pas un hospice. Enfin, je me comprends. Moi, ce n'est pas pareil. Mais toi, qu'est-ce que tu fabriquais en ville ? Bon, garde tes secrets... Tu ne vois jamais rien. Tu n'entends jamais rien. Tu ne dis jamais rien. Ma pauvre petite ! On n'a pas idée. Tu es la prison, la prisonnière et le portier. Et si...

— Bonsoir, Gloria.

— Oui. Bonsoir. Quel caractère !

Julie était assez satisfaite de la tournure prise par les événements. Gloria était maintenant sur la piste et ne la lâcherait plus. Il était temps de lui fournir une pâture supplémentaire. À Raoul de jouer. Elle alla faire changer le léger pansement qui protégeait ses mains, sous les gants.

— Est-ce que vous ne négligez pas un peu vos exercices ? demanda-t-il. C'est raide, tout ça... Un peu d'ultrasons pour commencer. Ne vous crispez pas. Laissez-vous aller sur le fauteuil... oui... à fond.

— J'ai entendu parler d'une visite qui ne va pas passer inaperçue, dit-elle. Sur le moment je n'ai pas fait très attention. Vous savez ce que c'est, on surprend un nom, en passant. C'était notre voisin, William Lummet, qui discutait avec M. Mestral, et j'ai surpris le nom de Gina Montano. Mais j'ai dû me tromper. Ce qui est sûr, c'est que M. Lummet disait : « Je vous affirme qu'elle est ici. » Et depuis, cette idée me trotte dans la cervelle. Gina à *La Thébaïde*, vous vous rendez compte !

— Oh ! fit Raoul, j'en aurai le cœur net. J'ai rendez-vous demain avec Mme Bougros et si quelqu'un est au courant de toutes nos allées et venues, c'est bien elle.

— Surtout, protesta Julie, ne parlez pas de moi. Je déteste les cancans. Et d'ailleurs qu'est-ce que Gina Montano viendrait faire ici ? C'est ma pauvre tête qui me joue des tours.

Il n'y avait plus qu'à attendre. Le lendemain s'écoula lentement et Julie souffrit un peu du ventre. L'impatience réveillait son mal. Clarisse, qui était la vivante chronique de la résidence, n'avait à rapporter que des bribes de nouvelles.

— Et Gloria ?

— Elle n'est pas de très bonne humeur. Elle en veut à M. Holtz, toujours à cause du piano. S'il a pris la peine d'amener ce piano, c'est pour en jouer. Alors pourquoi n'en joue-t-il pas ? Ce serait plus franc. Il est un peu en dessous, ce bonhomme. On ne sait pas bien ce qu'il fricote.

Clarisse n'avait pas sa pareille pour retenir les mots et les intonations de Gloria. Et elle connaissait ses deux maîtresses comme si elle les avait mises au monde. Elle n'écoutait pas Gloria pour l'espionner mais pour amuser Julie, dont elle sentait avec un immense chagrin la douleur secrète. Elle n'ignorait pas la présence de l'artiste chez M. Holtz, mais Julie lui avait soigneusement caché ses arrière-pensées, par une sorte de honte. Clarisse avait simplement deviné que M. Holtz et ses projets étaient un sujet d'amusement pour Julie et tout ce qui pouvait l'amuser méritait d'être raconté.

Julie ne sut jamais comment la rumeur prit corps, mais ce fut comme un feu de broussailles. En quelques heures, tout le monde fut alerté. Jamais le téléphone n'avait fonctionné avec tant de précipitation.

— Allô ? Est-ce que vous avez appris ? Ah ! vous êtes au courant ? Mais qui est-ce, au juste, cette Montano ? Son nom me dit bien quelque chose. Il paraît qu'elle a joué, du temps du muet... Allô.

Il y avait des voix inquiètes :

— C'est un peu ennuyeux, vous ne trouvez

pas ? Gloria, passe encore. Mais il ne faudrait pas que *La Thébaïde* devienne un dépotoir à cente-naires. Moi, ça m'est égal. Mais vous comprenez bien que ça rejaillit sur nous tous. On va dire : *La Thébaïde*, c'est une espèce de refuge pour vieil-lards. C'est très désagréable.

Il y avait les optimistes :

— Elle va rester quelques jours et puis elle s'en ira.

Les pessimistes :

— Allez savoir si elle n'a pas été visée pour des raisons personnelles. Et qu'est-ce qui nous prouve qu'elle n'est pas guettée par d'autres voyous. Nous qui voulions la paix, nous sommes servis.

Un clan de supporters commençait à se mani-fester.

— Gina Montano, c'est vrai, elle n'est pas jeune, mais d'abord elle a gardé un nom qui est toujours célèbre. Tout autant que celui de Gloria. Alors, nous ne pouvons pas choyer l'une et repousser l'autre.

À quoi d'autres voix répondaient :

— Qu'est-ce que vous ferez quand vous aurez sur le dos la télévision, les journalistes, les photo-graphes, les flashes, tout le tumulte des médias ?

Gloria affectait un imperturbable sang-froid.

— J'ai bien connu Gina autrefois et mainte-nant notre âge fait de nous des amies. C'est moi l'aînée. C'est donc à moi de mettre fin à des commentaires pas toujours aimables. Gina, par discrétion, a tenu à garder une espèce d'incognito que je déplore. Aussi, j'ai bien l'intention de l'inviter chez moi, parmi quelques intimes.

Julie, de son côté, était consultée par quelques voisines très sceptiques.

— Vous croyez vraiment que la présence de cette femme plaît à votre sœur ? Elle qui n'est déjà pas facile à vivre, nous serions bien surprises si cela ne finissait pas par une brouille.

— Une brouille ? s'écriait Julie. Au contraire, elles vont avoir tant de choses à se raconter ! Notez bien ce que je vais vous dire : Gloria sera la première à insister pour que Gina achète *Les Soleils*.

Cette réflexion fut longuement commentée. Gloria pria sèchement Julie de s'occuper de ses affaires.

— Et remarquez, dit-elle, que n'importe qui ne peut acheter une maison ici. Il y faut l'accord des autres propriétaires. Une femme aussi voyante que Gina, ça m'étonnerait qu'on l'accepte.

— Mais toi, dit Julie, tu y verrais des inconvénients ?

— Moi, éclata Gloria, mais qu'est-ce que tu veux que ça me fasse ? Croirait-on pas que j'ai quelque chose à craindre d'elle ? Qu'elle achète *Les Soleils* si ça lui chante. Et bien plus, j'insisterai pour qu'on ne s'y oppose pas. Si elle a assez d'argent, ce qui n'est pas sûr. Elle a toujours remué beaucoup d'air mais au fond elle n'a jamais eu les moyens de son personnage. Et la preuve, c'est qu'elle est encore obligée de travailler. Mais d'accord ; qu'elle achète *Les Soleils* et je te promets qu'elle s'en mordra les doigts. En attendant, je l'inviterai pour lundi prochain. Tu peux confirmer la nouvelle.

— Ça ne me regarde pas.

— Oh ! mais si ! Mine de rien, tu places ici et là ton petit mot. Je suis au courant, tu sais. Parle, ma fille, ne te gêne pas. Et en sortant mets-moi la sonate de Franck.

Julie se garda bien de prendre parti dans ce qui était en train de tourner en querelle. L'attitude de Gina était très bizarre mais Clarisse, adroitement fureteuse, apprit par l'une des servantes de M. Holtz que la vieille dame préférait, pour le moment, se tenir à l'écart, ne sachant pas encore si elle se fixerait à *La Thébaïde*. Pendant ce temps, les amies les plus proches de Julie essayaient de se documenter sur l'actrice. On se procura, dans la meilleure librairie de la ville voisine, des Histoires du Cinéma, mais les renseignements concernant Gina étaient minces. Quelques lignes, çà et là, toujours élogieuses, et une photo d'elle dans un rôle de femme fatale. Le film était de 1932. Quel pouvait être son âge, à l'époque ? Le livre passa de main en main. On regardait longuement ce visage admirablement maquillé et éclairé par un artiste. Impossible de risquer un chiffre... Trente ans... Trente-cinq ans ? « Je dirais : quarante, décida Julie. Avez-vous cherché dans un dictionnaire ? »

On le fit, mais sans succès.

— Et pourquoi ne lui poserait-on pas carrément la question ? dit Pamela. Pourquoi ne pas la traiter en amie ?

Julie approuva aussitôt.

— Oui, Pamela a raison. J'ai l'intention d'inviter Gina lundi prochain. Ma sœur ne vous a pas prévenue ? Décidément, elle perd la mémoire.

— D'ailleurs, conclut Simone, cette affaire d'âge est sans intérêt.

Mais pourquoi Pamela se promenait-elle dans le parc plus souvent que par le passé ? Pourquoi Kate se permit-elle d'arrêter M. Holtz pour lui demander des boutures de rosiers ? Pourquoi la villa était-elle en somme sous surveillance ? Julie en plaisantait avec Gina, car les deux femmes se téléphonaient tous les jours. Gina se plaisait de plus en plus à *La Thébaïde*. M. Holtz était un hôte parfait. La maison était ravissante.

— Et quelle paix ! soupira Gina. Je me sens enfin en sûreté.

— Mais votre présence fait beaucoup parler. Avez-vous reçu l'invitation de ma sœur ?

— Oui, hier après-midi. Très aimable. Très amicale. Je pense que j'irai. Surtout que je suis à peu près décidée à acheter *Les Soleils*.

« Enfin, songea Julie. Elle y vient. Qu'elle achète donc. La suite... » Elle allait dire : « Je m'en lave les mains. » Elle haussa les épaules et reprit :

— Je serai de la fête, car, n'en doutez pas, toutes les amies de ma sœur seront là pour vous accueillir. On vous demandera des autographes. On boira à votre santé. Vous serez définitivement des nôtres. Rectification : quand je dis « des nôtres », je m'excepte. Je ne veux faire partie d'aucun groupe. Mais n'en soyez pas choquée, ma chère amie. Mes amitiés à M. Holtz.

Et, dans la résidence, la nervosité grandit. Gloria retenait par le poignet ses amies.

— Vous viendrez, n'est-ce pas ? Et tâchez d'amener ces messieurs. Je suis sûre que Gina est encore sensible aux hommages masculins. Ou alors elle aurait bien changé.

— Je compte sur toi, dit-elle à Julie. Ne fais pas toujours ta sauvage. Ta place est près de moi.

— Pourquoi ?

— Eh bien, parce qu'on va nous comparer, elle et moi. On va chuchoter dans les coins. « Gloria est la mieux conservée. » « Oui, mais la Montano paraît plus vive. » « Combien de fois a-t-elle pu se faire arranger la figure pour être encore aussi présentable ? » Enfin, Julie, tu les connais.

— Justement. Elles t'aiment bien.

— Non. Elles ne m'aiment pas. Je suis si vieille que je les effraie. Songe que je pourrais être leur mère, à toutes. Et même la grand-mère de quelques-unes. Alors, je les fascine, ce qui n'est pas pareil. Que Gina leur plaise tout d'un coup plus que moi, et je serai fichue.

— Pourquoi l'avoir invitée, dans ce cas ?

— Parce que j'ai hâte d'en avoir le cœur net. Parce que ce sera elle ou moi, voilà. Et je compte sur toi pour écouter les propos qui s'échangeront.

Julie faisait toujours celle qui ne comprend pas.

— Je t'assure que tu te trompes. Voir deux

aïeules qui se retrouvent après si longtemps, malgré tous les coups durs de la vie, c'est plutôt très émouvant, non ?

Gloria s'impatientait.

— Pas deux aïeules. Deux artistes. Deux anciens monstres sacrés, si tu préfères. C'est pourquoi ça prend tout de suite les allures d'une confrontation. Elle tournera à mon avantage puisque c'est moi la plus âgée. Et il faudra bien qu'elle se mette dans la tête que sa place n'est pas ici. Mais je voudrais être à lundi.

Le dimanche fut une sorte de veillée d'armes. Gloria hésita longtemps entre plusieurs perruques. Elle tenait à paraître fraîche et avenante sans pourtant se rajeunir, ce qui aurait été ridicule. Ses deux amies les plus chères, Kate et Simone, l'assistaient, la conseillaient pour le choix du maquillage. Juste un léger fond de teint pour gommer un peu les rides sans les effacer. Tout le problème consistait à offrir un visage de centenaire qu'on pouvait avoir encore envie d'embrasser. D'où une répétition qui dura une partie de la journée, car la toilette aussi posait des problèmes. Rien d'estival, malgré la saison. Les bras étaient trop maigres ; le cou faisait des plis. Le mieux était tout bonnement d'adopter une simple robe d'intérieur ne laissant deviner qu'une silhouette au contour vaporeux. Les bijoux seuls retiendraient l'attention. Longue discussion autour des boucles d'oreilles. Non, pas de pendentifs, mais des diamants qui donneraient au visage un éclat juvénile, quelque chose d'enjoué et de spirituel.

Et puis le collier. Là, pas d'hésitation. Gloria était une femme riche. Prière de ne pas l'oublier. Elle ouvrit ses coffrets, pour Kate et Simone, qui furent éblouies.

— Je peux ? dit Simone, timidement.

Elle prit avec précaution un collier qui brillait comme une coulée d'étincelles et le suspendit devant sa gorge. Immobile, devant la glace, elle paraissait hypnotisée. Enfin, elle le recoucha très doucement, comme un reptile assoupi, sur son lit de velours. Gloria, épanouie de vanité satisfaite, la couvait des yeux.

— Il vous plaît ?

— Je ne me doutais pas que..., balbutia Simone. Mais déjà elle supputait, non sans fièvre. Gloria n'avait pas d'enfants. Elle ne parlait jamais de ses héritiers. Elle laisserait bien quelques souvenirs à ses plus proches amies. De son côté, Kate caressait une rivière de diamants dont le prix lui tournait la tête.

— Et vous gardez ici un pareil trésor, dit-elle. C'est de la folie.

— Non. Pas du tout. De temps en temps, je touche, je palpe, pour le plaisir. Les pierres, ça réchauffe. Pas besoin de les porter sur soi. Qu'est-ce que vous me conseillez ?

— Ce pectoral, décida Kate. Il fera rentrer sous terre la Montano.

— Le violon, dit Gloria. Il serait mieux dans la penderie, sur l'étagère. Il vaut mieux qu'elle ne le voie pas. Ce sera plus discret. Nous le remettrons à sa place, le pauvre chéri, dès qu'elle sera partie. Je suppose qu'elle prend du thé.

— Oui, fit Simone. Je le sais par la petite bonne du consul. Chez M. Holtz, elle boit du Ceylan, très fort, sans sucre et sans lait. Mais j'aurai tout ce qu'il faut.

— Eh bien, mes petites, nous sommes prêtes.

Clarisse, qui avait participé activement aux préparatifs, mit Julie au courant, par le menu.

— Et pour finir, conclut-elle, mais ça, défense d'en parler, savez-vous ce qu'elle m'a demandé ? De mettre un cierge dans la chapelle. Pourtant, elle n'est pas très dévote.

— Sa vie est tellement vide, murmura Julie. Le moindre changement dans ses habitudes est un tourment. Elle règne, ici. Elle est du matin au soir en représentation. Elle se doit de sentir qu'elle tient son public, et elle a tout bonnement le trac, comme autrefois. Et tu sais, Clarisse, je l'envie. Le trac, c'est un sentiment extraordinaire, une surabondance de peur, de joie, de panique, de volonté. C'est la vie et la mort. C'est... Ah ! il faut avoir connu cela. Je donnerais tout pour une seconde de trac, moi pour qui toutes les heures se ressemblent. Mais je me promets bien d'assister à la rencontre. Je me cacherai dans un petit coin.

Dès quatre heures, les invités commencèrent à arriver. Beaucoup moins d'hommes que de femmes, et vêtus sans recherche particulière, tandis que les épouses semblaient se rendre à un concert très élégant. Un buffet avait été dressé dans l'auditorium, et Gloria, assise dans un fauteuil au siège légèrement surélevé, recevait au seuil de sa chambre. Julie, tout au fond de la salle, regardait de tous ses yeux. Elle était la seule à savoir que la scène qui se préparait avait été conçue par elle, prévue dans tous ses détails, mais restait encore incertaine dans son issue. Et c'est ce qui était passionnant, ce qui lui procurait non pas une émotion, mais une toute petite attente de curiosité, qui était en somme agréable. On sut que la Montano approchait quand le brouhaha des conversations s'atténua puis s'éteignit, en même temps que les visages se tournaient vers la porte. Gina parut, au bras de M. Holtz, et il se produisit alors un grand silence. Gina Montano, toute en noir, sans un bijou, à peine fardée, bien droite malgré l'affaissement de ses épaules, avait retrouvé l'allure altière de ces patriciennes qu'elle avait si souvent jouées dans les films à péplum. Elle s'avança lentement vers Gloria, qui brillait de tous ses feux, et c'était elle l'impératrice. Alors Julie eut une inspiration. Elle cria : bravo, et tout le monde applaudit. Gloria, soutenue par Kate, se leva et tendit les bras, tout en chuchotant :

— Quelle est l'imbécile qui a crié : bravo ?

— Ça venait du fond, répondit Kate.

Mais déjà les deux femmes se rejoignaient et s'embrassaient en simulant l'émotion la plus vive. Puis Gloria prit Gina par la main et s'adressa à son public.

— Comme je suis heureuse, dit-elle, d'accueillir à *La Thébaïde* une actrice célèbre dans le monde entier. C'est une grande joie pour nous tous et un grand honneur. Nous souhaitons que Gina Montano, victime récemment d'une agression odieuse, consente à s'établir ici pour partager notre paix et notre joie de vivre. Bienvenue à notre grande amie.

Nouvelle accolade. Applaudissements prolongés. Gloria, épuisée, dut se rasseoir mais Gina resta debout pour la remercier.

— Pour moi, dit à voix basse à son mari une personne qui habitait aux *Gardénias*, elle est nettement plus jeune qu'elle. Je veux bien qu'elle se soit fait tendre une ou deux fois, mais les yeux, hein, ces yeux si noirs de Napolitaine, pour ça, il n'y a pas de lifting. Regarde-moi cet éclat ! Ils éteignent les yeux bleus de cette pauvre Gloria.

— Chut !... Qu'est-ce qu'elles font ?

— Je crois qu'elles échangent des cadeaux.

On se pressait maintenant autour d'elles. Julie se glissa hors de la pièce et rejoignit ce qu'elle appelait sa tanière. Clarisse vint, un peu plus tard, lui dire ce qu'elle avait vu. Gina avait offert à Gloria un disque : *Fantaisie brillante* de Paganini (un machin tape-à-l'œil pour noces et banquets, d'après Julie). Et Gloria avait donné à son tour un album illustré, puisé dans sa bibliothèque : *Les Stars du muet*, ce qui replaçait cruellement la Montano dans le temps lointain de sa plus grande célébrité. Elles avaient, l'une et l'autre, manifesté une vive satisfaction et Gina s'était prêtée ensuite à la cérémonie obligatoire des dédicaces, tandis que les questions volaient. « Avez-vous l'intention de vous installer ici ? » « Quels sont vos projets ? » « Ne parle-t-on pas pour vous d'un rôle au théâtre ? »

— Increvable, commentait Clarisse. Elle a tenu le coup comme une jeunesse.

— Et Gloria ?

— Elle n'en pouvait plus. Vous devriez passer la voir. Je l'ai aidée à se coucher. Elle ne veut pas dîner.

Julie se rendit chez sa sœur et la trouva marquée par la fatigue, les orbites creuses, le regard terni, mais couvant encore un feu de rancune.

— Ça ne se reproduira plus, dit-elle. Tout ce monde, tout ce bruit, c'est trop pour moi. Et pour elle aussi. Elle se traînait quand elle est partie. Si son M. Holtz ne l'avait pas soutenue ! Mais enfin, maintenant, chacune chez soi. Je vais avaler deux Mogadon. Sans ça, je ne dormirai pas.

Julie se retira discrètement. La chose prenait bonne tournure, mais il faudrait y avoir l'œil. Dieu merci, Julie ne manquait pas d'idées. Elle fuma encore une cigarette avant de se déshabiller pour la nuit. Blottie dans son fauteuil, pourquoi se mit-elle à rêver à Fernand Lambot ? Il avait été tué au Chemin des Dames, en 1917. Elle avait encore ses admirables mains de virtuose. Alors, pourquoi lui avait-elle écrit cette lettre qui avait causé sa mort ?

La nuit venait, déployant au couchant un flamboiement de couleurs excessives. Un diesel, sur la mer, battait un lent tam-tam. C'était une espèce de soirée des adieux, sans raison, sans regrets, sans haine, quelque chose que seule la musique aurait pu exprimer. Peut-être l'andante du *Trio à l'Archiduc*. Une tristesse surgie de plus loin que la tristesse. « Ma pauvre vie, pensait Julie. Ma mauvaise vie. » Elle se leva et ouvrit largement la fenêtre. Voyons, en 1917, Gloria avait trente et un ans, et ce malheureux Fernand vingt-deux ou vingt-trois ans. Qu'elle fût sa marraine, passe encore. Mais sa maîtresse ! Car elle avait été sa maîtresse tout de suite, à la première permission de ce gamin qui, ébloui, était sorti de son lit pour rentrer dans la guerre, persuadé qu'il l'épouserait un jour. Alors, pourquoi la lettre ? Et pourquoi était-ce justement ce soir que tout cela, comme un haut-le-cœur de la mémoire, lui revenait à l'esprit ? Où avait-elle pris qu'elle devait le mettre en garde, lui dire que Gloria n'aimait et n'aimerait jamais qu'elle-même, que seuls comptaient pour elle son violon, sa réputation, son prestige naissant. Ce n'était pas une lettre anonyme, puisqu'elle l'avait signée. Et sur le moment elle s'était persuadée qu'elle faisait son devoir. Était-ce donc sa faute s'il était mort peu après ? Et qui pouvait dire s'il n'était pas allé au-devant du danger volontairement, n'ayant plus rien à perdre ? Gloria avait versé quelques larmes et accepté de donner un concert pour les blessés.

Fernand Lambot, décoré à titre posthume, reposait dans un cimetière militaire visité par les touristes. Et Julie regardait l'ombre qui commençait à effacer les allées. Pourquoi ce passé sortait-il de la nuit ? Était-ce parce que le choc entre Gloria et Gina l'avait bouleversée ? Non. Ce n'était là qu'une péripétie sans importance. Humilier Gloria, l'abaisser, faire d'elle une vaincue, cela était légitime. Peut-être pas très beau mais légitime. En un sens, il était également légitime d'avoir honnêtement prévenu le petit sous-lieutenant sans cervelle. Seulement, ce que Julie découvrait, en regardant scintiller le ciel de l'été, c'était qu'elle n'avait pas attendu d'être mutilée pour se venger. Et se venger de quoi ? Qu'est-ce que sa sœur lui avait pris avant de lui voler ses mains ? Elle ne le savait pas. Mais il s'agissait bien d'une sorte de règlement de comptes qui n'avait pas commencé sur la route de Florence, en 1923, mais beaucoup plus tôt, et pour quel motif obscur ? Et qui se terminerait comment ? Ce qui était sûr, c'est qu'elle n'avait rien voulu délibérément. Elle jouait une mystérieuse partition. Elle appuyait sur des touches et ce qu'elle entendait ne ressemblait pas à ce qu'elle avait attendu. Ce n'était pas discordant. C'était funèbre.

Du dos de sa main gantée, elle écrasa ses paupières qui se mouillaient. Pauvre petit sous-lieutenant, si blond, si charmant, qui n'avait pas eu un regard pour elle. Il n'aimait que le violon, les choses à vibrato sentimental et caressant.

Elle referma la fenêtre, à cause des moustiques, et dans le noir entreprit de se déshabiller. Puis elle s'étendit sur son lit, renonçant à lutter avec certaines boutonnières mal placées. L'important n'était pas de dormir, mais de contenir et d'enfermer le troupeau indocile des souvenirs, jusqu'au silence, jusqu'au vide. Ne plus voir, ne plus entendre, ne plus être personne. Ce n'est pourtant pas bien difficile. Les gourous, les moines contemplatifs, les anachorètes savent le faire. J'ai passé la main à Gina. Qu'elle continue toute seule. Moi, je disparais.

L'affaire ne traîna pas. Dès le lendemain, Gina prenait ses dispositions pour acheter *Les Soleils*, et *La Thébaïde* entra en effervescence. Le conseil des propriétaires se réunit sous la présidence de Mme Genson-Blèche. La séance eut lieu dans la bibliothèque de la résidence, et Gloria s'y fit porter. M. Holtz prit la peine de téléphoner lui-même à Julie pour la tenir au courant, car elle n'avait pas été convoquée, n'étant que la locataire de sa sœur. La partie n'était pas gagnée d'avance. Si la candidature de Gina était écartée, Gloria continuerait à régner. Mais si, au contraire... Et Julie marchait nerveusement entre le téléphone et le divan du living où elle était obligée de s'asseoir, de temps en temps, parce qu'elle souffrait d'élancements dans le côté. Gloria n'avait pas osé prendre ouvertement parti contre Gina. Elle s'était contentée de faire valoir que la présence d'une actrice aussi connue que la Montano ne manquerait pas d'attirer sans cesse journalistes, photographes, romanciers, artistes, surtout dans les périodes de festivals, à Cannes, à Nice, à Monaco. Et l'argument avait porté. Mais M. Holtz, très habilement, avait dit :

— Gina Montano ne jouit pas d'une notoriété plus grande que la vôtre, et pourtant vous ne recevez pas plus de visites que quelqu'un d'entre nous. En outre, je crois savoir que Gina Montano tient autant que nous tous à vivre en paix. N'oubliez pas son âge.

Et Mme Lavelasset s'écria :

— Mais au fait, nous l'ignorons, son âge.

Brouhaha. Exclamations. Ce fut encore M. Holtz qui rétablit le silence.

— Il se trouve, dit-il, que je peux répondre. Nous avons tout le temps de causer, elle et moi, et incidemment j'ai appris que sa tante, à l'époque, était employée au vestiaire de la Scala de Milan. Or, Gina serait née le soir où Verdi créa son *Othello*. C'est du moins ce qu'elle croit. Mais elle n'en est pas sûre car il y eut à Naples, dans ces mois-là, plusieurs éruptions du Vésuve et plusieurs séismes. Sa mère quitta la ville pendant

109

quelque temps pour se réfugier chez sa sœur et oublia même de faire baptiser le bébé ; de sorte que la naissance de Gina reste entourée d'un certain mystère. Mais de toute façon, elle est de 1887.

— Comme moi ! lança Gloria, soudain alarmée.

— Oui, dit Holtz, mais à mon avis elle a trouvé tellement à son goût l'épisode d'*Othello* qu'elle a choisi cette date par une espèce de coquetterie. Qu'elle soit née en 1887, c'est sûr. À quelle date ? C'est sans importance. Vous n'avez pas l'intention d'ouvrir une enquête à Naples, n'est-ce pas ? Je reste persuadé qu'elle cherche à se vieillir parce que ça fait chic d'être centenaire. Qu'en pensez-vous, vous, madame Gloria ?

— J'en pense que la seule centenaire, c'est moi, répondit aigrement Gloria.

On rit beaucoup, pensant que c'était là une plaisante boutade. En quoi on se trompait. Julie, le soir venu, trouva sa sœur d'une humeur sombre.

— Es-tu souffrante ?

— Mais non.

Julie, machinalement, tendit la main pour saisir le poignet de Gloria.

— Ah ! ne me touche pas ! Je veux qu'on me laisse tranquille. Non, je n'ai pas de fièvre. C'est cette intrigante qui me met hors de moi.

Et ce fut elle qui s'assit sur son lit et empoigna la main de Julie.

— Son Hubert, elle l'a complètement retourné.

Et lui, avec sa bonne tête d'honnête homme, il a fini par emporter la décision. La majorité s'est prononcée pour Gina. Et même, à vrai dire, ils ont tous voté pour elle, sauf moi. Alors, tu vois dans quelle situation je suis. J'ai l'air d'en vouloir à cette ruine, d'être jalouse d'elle. Moi, jalouse !

— Je t'en prie. Calme-toi, dit Julie.

Gloria, remontée, ne l'écoutait plus.

— Sait-on seulement d'où elle est sortie ? continuait-elle. Holtz a bien été obligé de reconnaître — parce que la question est revenue sur le tapis — que Gina s'est inventé une enfance très romantique, parce que, très vite, elle a compris qu'une légende à faire pitié facilite une carrière. Et allez donc. Même Kate, même Simone ont marché.

— Mais enfin, dit Julie, qu'est-ce que ça peut te faire qu'on ne soit pas très bien renseigné sur les origines de Gina ?

— Ah ! fiche-moi la paix ! Tu ne comprendras jamais rien.

— Qu'est-ce qu'il y a à comprendre ?

— Il y a que... réfléchis donc... Je n'ai pas, moi, une auréole de mystère. Si cette garce sait s'y prendre, elle les aura toutes à sa main. Elles iront toutes autour d'elle, comme des pigeons à qui on jette des grains. A quoi ça me servira d'avoir cent ans, si je n'émerveille plus personne ?

Ce cri du cœur faillit émouvoir Julie.

— Nous n'en sommes pas là, protesta-t-elle. Attendons de la voir installée. Il sera toujours temps, pour toi, de reprendre l'initiative. Surtout

qu'elle n'est peut-être pas si solide que ça. Il
paraît qu'elle mange très peu et qu'elle ne dort
presque pas.

— C'est bien vrai ? demanda Gloria, d'une
petite voix navrée où renaissait l'espoir.

— Mine de rien, poursuivit Julie, j'écoute... et
je fais parler les bonnes.

— Merci. Merci. Je sens que ça va mieux.
Laisse-moi maintenant. Et toi aussi, soigne-toi
bien.

Plusieurs jours s'écoulèrent, paisibles en appa-
rence, mais agités en profondeur par des courants
inquiétants. M. Virelemont de Greuze, ancien
directeur du Crédit lorrain, écrivit à Mme Genson
une lettre assez sèche pour l'informer qu'il se retirait du conseil, où se développait, d'après lui, un
détestable esprit de commérage. Mme Genson
répliqua avec vivacité. Il y eut, chez Gloria, des
conciliabules passionnés à la faveur desquels se
reconstitua le petit noyau de fidèles qui avait failli
se défaire. Gloria retrouva l'appétit et reprit ses
couleurs. Julie rendait visite à Gina qui, parcou-
rant joyeusement les pièces vides de la villa,
commençait à distribuer, dans sa tête, les meubles
qu'elle allait recevoir. Elle fut ravie d'avoir une
confidente qui était au fait de toutes les intrigues
minuscules qui se nouaient à *La Thébaïde*. Et
tout en lui indiquant l'emplacement futur de sa
bibliothèque, de ses vitrines à souvenirs, de son
fauteuil à bascule — « J'ai besoin de me bercer

112

quand je regarde la télévision » —, elle l'interrogeait sur Gloria.

— Est-elle toujours furieuse après moi ?

— Pas furieuse, rectifiait Julie, mais troublée. Elle a peur de vous, au fond. Les gens d'ici sont tellement desséchés que deux centenaires à la fois, eh bien, c'est trop pour leur petit cœur.

— Ah ! *cara mia*, tu es impayable ! Mais moi, tu sais, je n'attends pas qu'on m'aime. Dis-lui, dis-lui... Je ne suis pas une voleuse. Tiens, ici, j'ai l'intention d'installer mon coin cinéma. J'ai racheté des films ; j'ai pas mal de cassettes. Quoi, j'ai bien le droit de regarder des films. Elle écoute bien ses disques, elle. Si ça t'amuse, tu n'auras qu'à venir quand tu voudras.

Julie fit la leçon à Clarisse.

— Tu raconteras à ma sœur que Gina possède un appareil de projection et qu'elle compte montrer des films à ses voisines. Mais tu glisses, hein, sans insister.

Le soir même, Gloria retint Julie.

— Assieds-toi. Tu passes toujours en coup de vent.

Elle était douce, soudain, et presque affectueuse. Elle était un peu plus fardée que d'habitude et, malgré le fond de teint, il y avait des rides, plus fines que des craquelures, qui meurtrissaient la fragile porcelaine de ses joues. Les appliques, de chaque côté du lit, gommaient le bleu des yeux, le noyaient de gris, et ses orbites paraissaient plus sombres, avec quelque chose de vaguement malsain.

113

— Est-ce que Clarisse t'a mise au courant ? demanda-t-elle.

— Au courant de quoi ? Ses potins ne m'intéressent pas.

— Dommage ! Tu saurais que la Montano se propose d'organiser des séances de cinéma, de montrer des diapositives, de faire une retape éhontée. Et peut-être pas gratuite. Mais heureusement que nous sommes protégées par le cahier des charges. Il est interdit, dans la résidence, d'installer des locaux à usage commercial.

— Doucement, s'écria Julie. Tu t'emballes, mais rien ne prouve que...

— Bon, bon. Tu verras. Cette Montano, c'est la peste. Mais qu'est-ce qu'elle vous a fait, à tous, que tout le monde prend son parti ? Oh ! mais, j'ai une petite idée ! Tu m'aideras, Julie. N'oublie pas ton âge. Comme on me traite, tu seras traitée, toi aussi.

— Je suis prête à t'aider, mais comment ?

— Tu es bien avec Hubert Holtz, si, si, je suis renseignée. Cause avec lui. Pose-lui des questions sur Gina, sans en avoir l'air. Si on pouvait prouver qu'elle triche... Tu l'as vue marcher, parler, rire. Je mettrais ma main au feu qu'elle n'a pas son âge. Je te jure qu'elle ment. C'est une étrangère, après tout. Elle peut raconter n'importe quoi.

— Admettons, dit Julie. Et après ?

Gloria passa la main sur ses yeux et murmura d'une voix lasse :

— Je sais. Je suis ridicule. Pourquoi est-ce que je pense tout le temps à elle ?

— Tu devrais consulter notre docteur. On voit bien que tu prends sur toi, mais que tu es tourmentée.

— Tu veux dire qu'on le voit sur ma figure ?... Donne-moi mon miroir. Et fais attention, toi qui lâches tout ce que tu touches.

Elle prit le miroir et s'étudia longuement, de face, de trois quarts, tirant çà et là sur sa peau.

— Les rappels... les gerbes de fleurs, chuchota-t-elle, et ça, maintenant.

Elle abaissa son bras, laissa rouler sa tête sur les oreillers et ferma les paupières.

— Ne regarde pas, dit-elle. Bonsoir, Julie.

Puis soudain, soulevée sur un coude :

— Je me fous d'elle, tu entends... Je m'en fous ! Qu'elle aille au diable !

Julie referma la porte, sans bruit. C'était la première fois qu'elle entendait sa sœur jurer comme un homme. Comme Olivier qui, pour un oui, pour un non, s'emportait en imprécations, en insultes, en blasphèmes. Olivier Bernstein, qui avait tant fait pour le triomphe de Gloria. Le stradivarius, c'était lui. Et l'Hispano qui avait quitté la route, près de Florence, c'était lui. Julie se rappelait... Tandis qu'elle recevait les premiers soins, à la fois inconsciente et affreusement lucide, elle l'entendait qui secouait Gloria. « Nom de Dieu, tu as fait du propre. Tu as vu ses mains ? » Mais pourquoi ces bulles de mémoire revenaient-elles crever

115

comme des gaz empoisonnés à la surface d'un marais ?

Elle se dirigea vers la butte où elle venait de plus en plus souvent s'asseoir, à la nuit tombante. Personne ne s'égarait de ce côté. Elle tira de son sac une Camel, un peu tordue. Elle avait abandonné les Gitanes, après les Gauloises, parce qu'elle n'aimait pas l'âcre odeur qui s'accrochait à ses vêtements. Gloria lui avait dit, après avoir reniflé :

— Tu sais ce que tu fais ?

Et elle aurait pu répondre, elle aussi : « Je m'en fous complètement ! » Elle s'était mise au tabac blond à cause de son goût de miel et parce qu'il était plus dangereux pour la gorge. Elle s'assit sur la pente et laissa ses regards errer sur la mer dont on entendait le doux ressac, au loin. « Debussy, songea-t-elle, n'a rien compris à la Méditerranée. » Puis elle revint à Bernstein.

Au point où elle en était, elle n'avait plus à ruser avec ses souvenirs. Au contraire, il valait mieux les laisser grouiller. C'était l'heure des larves. Pauvre Olivier ! Du premier coup, il était tombé sous le charme. C'était à Berlin, peu d'années après la guerre, en 1922 ou 23. Gloria était déjà très connue. Plus que sa sœur qui pourtant rentrait d'une tournée triomphale aux États-Unis. Le pianiste de Gloria, malade, avait renoncé au dernier moment à l'accompagner et Julie avait pris sa place, après avoir beaucoup hésité. Le récital avait été conçu pour mettre en valeur le violon : sonate de Tartini, *Sonate à Kreutzer* et aussi... mais là ses souvenirs s'embrouillaient. Et d'ailleurs, c'était sans importance. Ce qui comptait, pour Gloria, c'était d'occuper la scène à elle toute seule, d'effacer le piano, de jouer avec un balancement du buste, un arrondi du bras, un visage pâmé, une mimique de prêtresse possédée, qui étaient autant d'insultes à la musique. Glacée de mépris, Julie se contentait de donner correctement la réplique et, quand déferlaient les applaudissements, elle se tenait un peu en retrait, soulignant avec raideur qu'elle ne prenait que sa très juste part des acclamations. Olivier Bernstein, transporté d'enthousiasme et subjugué par la beauté de Gloria, l'attendait pour lui dire son admiration. Avait-il seulement vu la pianiste ? Gloria l'accaparait. Il bafouillait des compliments, des excuses, des invitations et déjà des promesses que Gloria accueillait avec un petit sourire de politesse blasée. Mais ce n'était pas vrai. Son bonheur, sa drogue, c'était le sentiment de son pouvoir. Et ce pouvoir tenait, d'une façon que Julie ne s'était jamais expliquée, à la magie de son coup d'archet. Aurait-elle joué *Au clair de la lune*, le miracle se serait produit avec la même intensité voluptueuse. On perdait tout contrôle. On lui appartenait. Pas Julie ! Mais les autres, ceux pour qui la musique n'est que tressaillement et frisson. Gloria aimait les voir à ses genoux, les extasiés, les enivrés, les transportés, les éperdus ; elle les dédaignait. Ils étaient sa plèbe. Mais aussi le miroir qui lui renvoyait l'image multiple de son étrange talent. Et bien sûr, Bernstein, en dépit de sa fortune, de son empire industriel, de sa séduction personnelle, ne valait pas mieux que le tout-venant des fanatiques.

Julie s'appuie sur un coude. Elle commence à se fatiguer ; les aiguilles de pin lui entrent dans la chair. À quoi bon remuer toute cette lie ? Mais elle sent qu'elle tient la vérité, plus fermement que jamais. Ce que Gloria attendait d'elle, ce qu'elle attend toujours, c'est l'estime. Tous les publics ont reconnu et accepté le pouvoir de la violoniste. Une seule personne a refusé d'admettre sa valeur. Violoniste d'exception, soit. Mais pas vraiment musicienne. Trop orgueilleuse pour se faire la servante des maîtres, la petite sœur converse des génies.

Et là-dessus Olivier Bernstein épousa Gloria.

Julie fouille, s'aperçoit que son paquet de Camel est vide. Alors, elle retire ses gants, aux doigts souillés de nicotine. Elle en a plusieurs paires qui sèchent sur une corde, dans le cabinet de toilette. Il faudra qu'elle demande à Roger une nouvelle cartouche. Deux paquets par jour ! Au bout de deux jours, son gant droit est irrémédiablement taché de jaune et Clarisse fait la tête.

La brise marine s'est levée. Elle souffle de la terre des odeurs de sous-bois et de résine. C'est le moment où Julie permet à ses mains de sortir, de flairer, de se frotter l'une contre l'autre. Elle surveille les alentours comme si elle craignait de les voir s'enfuir. Mais la résidence s'endort. On se couche tôt, à *La Thébaïde*. En contrebas, la villa des *Glycines* veille encore. On y fête l'anniversaire de Gaëtan Heurtebois, l'architecte. Il a soixante-dix ans et il boite. Blessure reçue dans un supermarché. Une balle perdue, au cours d'un hold-up. Il ne sort guère mais sa femme est une grande amie de Gloria dont elle fait les commissions quand elle va en ville. Julie n'a pas sommeil. Sur le fond de la nuit, elle regarde ses souvenirs. Il n'était pas très beau, Olivier. Mais tellement riche ! Et habitué à satisfaire tous ses caprices. Naïvement, il traitait les femmes comme des chevaux de course. Même Gloria, dont il avait sûrement envie de flatter l'encolure après un concert triomphal. Le plus beau violon, les plus glorieux bijoux, les voitures de prestige, il offrait tout, avec une ostentation que Julie haïssait, non par jalousie, mais par un sentiment aigu de décence qu'elle avait hérité de sa famille protestante. Elle reprit sa liberté et présenta à Gloria un ancien camarade de conservatoire trop heureux d'être agréé comme accompagnateur. Sollicitée par le Japon, elle quitta la France et passa toute l'année 1923 à l'étranger, toujours admirée, jamais courtisée, pour quelque raison mystérieuse, qui tenait peut-être à sa façon de s'habiller, ou de se refuser aux réceptions officielles, ou d'écarter les platitudes galantes. Aucune importance. Elle se suffisait. Elle avait son piano, son travail et ses auteurs d'avant-garde, Ravel, Dukas, Florent Schmitt qui venait de composer *Le Petit Elfe*, Roussel et Satie, le plus controversé. Elle essayait sans grand succès d'imposer certaines de leurs œuvres à un public habitué aux classiques. Il lui arrivait de

119

récolter des sifflets, mais elle allait son chemin, sûre d'avoir pour elle le goût et la raison. En 1924, elle fut invitée en Italie, pour une tournée de concerts dont elle devina que son beau-frère était plus ou moins l'organisateur. Elle ne tarda pas à apprendre qu'il avait l'intention de raccommoder le duo Gloria-Julie, trouvant que cette association était plus payante. Qu'en pensait Gloria ? Et pourquoi Olivier venait-il fourrer son nez dans une affaire qui ne le regardait pas ? Julie prit un paquebot qui l'amena à Marseille et vint à Cannes se reposer quelques jours. Le destin se plaît à ces jeux. Olivier vint l'y rejoindre et lui jura que l'idée de ce duo était de Gloria. Pourquoi ne pas essayer ? Il y eut quelques répétitions et il fut très vite évident que l'entente ne se ressouderait jamais entre les deux sœurs. Bien sûr, on jouait les notes. Mais d'une façon appliquée qui faisait de la partition quelque chose de gris. Et Olivier se permettait de donner son avis, lui qui, sorti de ses laboratoires, était juste capable de siffloter un air des *Cloches de Corneville*.

Julie regarde ses mains qui reposent innocemment sur ses genoux, côte à côte. Elle ne se doutait pas, alors, qu'il leur restait à peine quelques jours à vivre. La mauvaise chance veillait. Igor Slansky, le fameux pianiste polonais, tomba malade à Rome, une semaine avant le concert que tous les mélomanes attendaient. Affolement. Confusion. Olivier arrangea les choses à sa manière expéditive, sans consulter Julie. La nécessité faisait loi. Les organisateurs supplièrent, acceptèrent le programme que Julie proposa. Il y eut entre elle et son beau-frère une scène violente, mais on ne résistait pas à Olivier. Quand, quatre jours avant le départ pour Rome, Julie sortit du *Carlton*, il y avait, devant le palace, une Hispano Suiza blanche qui attendait.

— C'est pour vous, ma chère Julie, dit-il. Vous ne devez pas arriver là-bas incognito. Elle vous plaît ?

Comment refuser ? Le bagagiste, déjà, chargeait les valises.

— C'est Gloria qui va conduire, reprit-il. J'ai l'intention de lui offrir une Packard décapotable, mais comme elle adore les voitures, elle se fait une joie de prendre le volant.

Julie admire la façon dont le destin, de petit coup de pouce en petit coup de pouce, construit le piège. Un vrai jeu de patience. Ils sont partis dans le soleil d'une matinée éclatante, Gloria et Julie devant, Olivier derrière, entouré de rapports, de classeurs, de paperasses. Il travaillait partout ; son secrétaire, Georges, toujours à portée de la main, comme un inusable automate. Mais, ce jour-là, Georges l'avait précédé à Rome, pour préparer ce qu'il appelait plaisamment le cantonnement.

— Ne va pas trop vite, disait-il de temps en temps à Gloria. On ne se sent pas rouler et c'est traître.

Le voyage se déroulait plutôt joyeusement. Julie s'en souvient : elle était bien décidée à refuser ce cadeau somptueux et absurde. Elle n'avait que faire d'une automobile. Elle aurait préféré un bon camion capitonné pour emmener avec elle son Pleyel. Mais comment expliquer à Olivier qu'un piano de concert n'est pas un meuble ? Après son récital romain, elle tâcherait de le persuader, avec l'aide de Gloria. En attendant, l'Hispano, par Gênes et Pise, roulait moelleusement vers la catastrophe. Pourquoi ce crochet par Florence ? Le malin génie avait dû prévoir plusieurs embuscades, mais il avait finalement choisi la solution de l'orage, un bref orage de chaleur qui allait rendre la route bien glissante. Et pour justifier le détour, un rendez-vous important à Florence, pour rencontrer un homme d'affaires milanais, mais « ça ne prendrait pas plus de deux heures ».

Julie revoit la route et ses mains rampent vers son ventre, comme s'il n'était pas trop tard pour les protéger. Le coup de frein, le pylône qui semblait accourir avec fureur. Et tout de suite, comme une âme subitement jetée dans les limbes, l'autre côté de la vie, la voix qu'on reconnaît sans la reconnaître : « Nom de Dieu, tu as fait du propre ! Tu as vu ses mains ? » des bruits de klaxons, des appels. Quelqu'un a dit : « Il faudra l'amputer », et la douleur s'est installée. Pendant des mois, elle a prolongé ses poignets, presque sans trêve, tantôt sous la forme d'un fourmillement insupportable, tantôt frappant comme des coups sourds, et tantôt comme des crampes et tantôt comme... Mais la pire douleur était dans sa tête. Il y avait eu le moment où le chirurgien avait dû lui avouer la vérité. « Le piano, c'est fini. » Il s'était montré moins brutal, et c'était pis.

Julie se lève. Elle remet ses gants qui sentent la vieille pipe. Elle défroisse sa jupe. Il va être onze heures. Les étoiles brillent presque méchamment. Elle soulève ses épaules pour rejeter le passé. À quoi bon ! Et d'ailleurs, Olivier... Bon, laissons dormir les morts. La justice est passée. Mais ça, c'est la pente paisible de la mémoire, une allée fleurie entre les tombes.

Elle revient chez elle à petits pas. Demain... Eh oui, il y a pour elle, maintenant, des demains. Elle va pouvoir dormir sans somnifère.

Le Dr Moyne revient s'asseoir derrière son bureau et repousse ses lunettes sur son front. Il sourit.

— Eh bien, dit-il, nous avons tout lieu d'être contents. Les choses n'ont pas bougé Et même, je vous trouve plutôt mieux. Comment expliquez-vous cela ? Le repos ? La tête qui a cessé de faire des siennes ? Vous dormez bien ? Vous suivez mon traitement à la lettre ? Que s'est-il passé ? Je sais que, dans votre cas, les rémissions ne sont pas rares. Mais, chez vous, l'amélioration est un peu surprenante.

Il regarde à nouveau des radios en transparence, relit des rapports de laboratoire, observe Julie.

— Il y a une question que je ne vous ai pas encore posée. Vous m'avez dit, incidemment, que vous aviez fait plusieurs séjours en maison de santé. Combien ?

— Quatre, répond Julie. J'ai fait une dépression sévère et j'ai rechuté trois fois.

— Il y a longtemps ?

— La première crise a eu lieu en 1925.

— Bien entendu, c'est votre mutilation qui l'a provoquée ?

— Oui.

— Et ensuite ?

— En 1932. J'habitais New York, avec ma sœur. Après, ça a recommencé en 1945, au lendemain de la guerre.

— Étiez-vous toujours à l'étranger ?

— Non. J'étais à Paris. Ma sœur est venue me rejoindre dès qu'elle a appris la mort de son mari. C'était son troisième mari. Vous voyez, c'est assez compliqué. Il était juif et il est mort à Dachau. Mon séjour en maison de repos a duré plusieurs mois. Et puis ma sœur s'est remariée avec un colon très riche et j'ai vécu près d'eux à Alger jusqu'aux événements que vous savez. Il faisait partie de l'O.A.S. et il a été assassiné d'une façon assez mystérieuse.

— Alors, si je vous comprends bien, vous avez été tellement secouée que...

— Oui, dit Julie.

Le docteur saisit son bloc.

— Attendez, je note, parce que tout cela est très important. Voyons, 1925, première crise. Le premier mari de votre sœur ?

— Il a divorcé. En 1925.

— Bien. 1932, seconde crise. Votre sœur s'était remariée ?

— Oui. Avec un homme qui s'occupait de publicité. Il s'est tué en 1932.

— Très curieux. Et nous arrivons en 1945, date de la mort de votre beau-frère. Je parierais que le quatrième mari de votre sœur a disparu en 1957 ou 58.

— Exact. En 58.

— Et vous avez, la même année, été soignée pour votre dépression.

— Tous ces événements me secouaient énormément, docteur. Je n'avais plus aucune activité personnelle. Je vivais au foyer de Gloria. Tout ce qui l'atteignait me blessait profondément. Elle résistait mieux que moi parce qu'elle avait son métier.

— Pardon. N'allons pas trop vite. En 1945, quel âge avait votre sœur ?

— Cinquante-neuf ans.

— Et elle faisait encore des tournées ?

— Oui, mais pas sous forme de récitals. Elle avait constitué un quatuor à cordes, qui a connu un grand succès pendant quelques années. Et puis elle a pris sa retraite, quand elle a épousé son cinquième mari.

— Qui est mort comment ?

— D'une crise cardiaque.

— Et vous-même ? Comment avez-vous supporté ce deuil ?

— Ma foi, pas trop mal. Je ne l'aimais pas beaucoup, ce pauvre Oscar.

— Tandis que les autres, vous les aimiez bien ? Julie esquisse un mince sourire.

— Non, ne vous méprenez pas. N'allez pas vous imaginer que j'étais amoureuse des maris de ma sœur. C'est une idée ridicule. D'ailleurs, chez Gloria, personne ne faisait attention à moi. J'étais là, dans un petit coin, complètement inutile puisque je cassais tout ce que je touchais.

Le docteur referme son bloc.

— Je n'insiste pas. Je note seulement que vous êtes une instable et que, sans raison apparente, vous vous sentez mieux. C'est bien ça ? Je m'en réjouis. Mais vous devriez peut-être voir un neurologue. Je parle sérieusement. Il comprendrait sûrement pourquoi vous avez décidé de ne pas vous faire opérer. Il n'est pas trop tard, vous savez.

Il réfléchit, rabaisse ses lunettes, croise les doigts.

— Votre sœur, elle est au courant de vos visites ?

— Non. Ça ne la regarde pas.

— Comment se porte-t-elle ?

— Depuis deux jours, pas trop bien. Elle paraît tracassée.

— Vos rapports sont bons ?

— Ça dépend des moments. Vous ne pouvez pas savoir, docteur, ce que c'est qu'un vieillard. C'est pire qu'un enfant. La plus petite chose prend une importance énorme. Et il n'y a plus pour nous que des petites choses. Il vaut mieux s'en aller.

— N'empêche que vous dites cela avec une espèce d'entrain qui me fait plaisir. Bon. Inutile que vous reveniez avant quinze jours. En cas de besoin, vous avez à *La Thébaïde* le Dr Prieur qui est quelqu'un de bien. Bon courage.

Julie retourne au port sans se presser. Il a raison, le Dr Moyne. Ce qu'elle éprouve, ce n'est pas vraiment de l'entrain, mais une absence grandissante de remords. S'il avait insisté, elle lui aurait raconté comment elle avait fait justice d'Olivier. Elle lui aurait expliqué que son accident avait jeté la brouille entre Gloria et son mari. Comme toujours, les bruits les plus navrants avaient couru. Ébriété au volant, vitesse excessive, ces gens qui se croient tout permis, comme si le talent et la richesse les plaçaient au-dessus du commun. Et la preuve que cet accident cachait quelque chose, c'est que la blessée, soignée dans une clinique de Florence, était littéralement mise au secret. Les journalistes n'avaient pas le droit de l'approcher. Le personnel refusait toute interview. Et à qui appartenait-elle, cette clinique ? À un homme dont les attaches avec le député Gennaro Bertone étaient bien connues. Or, ce parlementaire était vice-président de la Société franco-milanaise de pharmacie, dont, par hasard, Bernstein était le principal actionnaire. Les petites feuilles à scandales s'en donnaient à cœur joie. Accident, vraiment ? Pourquoi pas sabotage ? N'y aurait-il pas eu une intrigue entre le puissant industriel et sa belle-sœur ? Est-ce que les deux virtuoses n'étaient pas des rivales ? Gloria partit en tournée, pour échapper à ce qui prenait une vague allure de scandale. Olivier rentra à Paris pour régler quelques comptes.

« Et moi, pense Julie, je suis restée seule, entourée de soins, de sourires, d'un confort dont je n'avais que faire. Je n'avais même plus la ressource de souffrir. À la moindre grimace de douleur, morphine. Tout est parti de là. »

Elle arrive au bord du quai. La vedette l'attend. Marcel charge des cageots, des caisses, des bourriches.

— Tout ça pour la nouvelle, dit-il.

— Quelle nouvelle ?

— Eh bien, Mme Montano. Et demain, le mobilier. Ce sont des spécialistes de Toulon qui feront le transbordement. Vous allez voir ce chantier. Grimpez. On s'en va.

Elle s'assied à l'avant. De temps en temps, des embruns crachent à ses pieds des gouttes d'écume. Elle s'embrouille un peu dans ses souvenirs. Dépression, c'est vite dit. En réalité, elle côtoyait la folie. Depuis, Gloria a essayé de lui faire comprendre qu'on l'avait laissée seule, à Florence, pour son bien, parce qu'elle voyait partout des persécuteurs. Son beau-frère était le chef des persécuteurs. Mais Gloria était sa complice. Et comment le soupçon a-t-il pris naissance ? Mais comment en est-elle venue à se persuader qu'en effet elle était de trop ? Qu'elle les gênait ? Et que c'était sur l'ordre d'Olivier qu'on l'abrutissait à coups de morphine. La morphine, est-ce que ce n'était pas lui qui la produisait dans ses laboratoires ? Est-ce qu'il n'était pas le maître de la drogue ? Rien de tel qu'une idée simple, comme celle-là, peut-être une idée délirante mais

129

qui éclaire tout. Qui jette une lumière aveuglante sur le plan qui vise à la détruire... Les mains, d'abord. Et ensuite la tête. Et après, plus de rivale. Personne ne dirait plus : « Gloria, d'accord, elle a beaucoup de charme. Mais sa sœur est plus sensible, plus musicienne. »

Elle a honte. Surtout pas de neurologue. Qui sait s'il ne serait pas capable de réveiller quelques-uns de ces vieux fantasmes endormis. Bien sûr, c'était complètement dément. Et complètement démente, aussi, la lettre anonyme qu'elle dicta, contre un bon paquet de lires, à une garde de nuit intérimaire. Et pourtant, dans son égarement, elle avait frappé juste. Une enquête fut ouverte. Un trafic de stupéfiants, que nul ne soupçonnait, fut découvert. Tout ça, à cause du mot morphine, qui, plus que le poison lui-même, avait envahi son esprit comme une plante parasite. Bernstein sut prendre ses distances, mais divorça.

L'île est toute proche. Julie a le cœur un peu barbouillé. Le balancement du bateau ? Plutôt ce remuement d'images, dans sa tête. On croit le passé définitivement mort. Et d'ailleurs, il l'est. Reste son écho, la note qui se prolonge d'une chanson triste dont on n'a peut-être pas été l'auteur. Car cette lettre, a-t-elle vraiment existé ? C'est tellement loin, tout ça ! Elle n'a pas rêvé le divorce. Mais le reste ?...

Le bateau accoste et Julie se ressaisit. Il est cinq heures. Comme d'habitude, la maison doit être pleine d'amies. Gloria avait l'intention de

leur faire entendre le *Capriccio espagnol*, de Rimski-Korsakov et de leur parler d'un chef d'orchestre qu'elle avait bien connu : Gabriel Pierné.
Aussi Julie préfère-t-elle entrer par-derrière. Mais
elle n'entend aucun bruit. Il n'y a personne chez
Gloria. Elle pousse la porte de l'auditorium,
écoute. Qu'est-il arrivé ? Elle va jusqu'à la porte
de la chambre.

— Gloria ? Je peux entrer ?

Une espèce de gémissement lui répond. Elle
pénètre dans la pièce. Gloria est seule, lugubre-
ment éclairée par sa lampe de chevet et, soudain
elle paraît très vieille. Sa perruque a un peu
glissé, découvrant le front dénudé, d'une blan-
cheur d'ossement.

— Tu es malade ?

— J'ai vomi mon déjeuner.

— Clarisse a appelé le médecin ?

— Oui. Il prétend que c'est un petit embarras
gastrique. Avec ça, on est bien renseigné.

À mesure que Gloria parle, sa voix se raffermit,
redevient impérieuse pour dire :

— C'est un âne. Moi, je sais ce que j'ai. Je sais
ce qui me noue l'estomac. C'est elle. Cette sacrée
bonne femme. Elle est là pour prendre ma place.

— Mais voyons, Gloria, quelle place ?

— Ah ! si je tenais celui qui lui a parlé de la
résidence ! Son Hubert, pardi.

— Calme-toi, dit Julie. Tu restes la doyenne
respectée.

Gloria éclate d'un petit rire sec.

— La doyenne !

Elle abat sa main, comme une serre, sur le poignet de Julie.

— Il faut que tu m'aides. Elle triche, la Montano, j'en suis sûre. Je parie qu'elle n'a pas plus de quatre-vingt-seize ou quatre-vingt-dix-sept ans. Elle raconte ce qu'elle veut, tu comprends. Je les connais, moi, ces intrigantes. Les stars définitivement retirées du métier, les Dietrich, les Garbo, elles n'ont plus à cacher leur âge. Mais la Montano est encore sollicitée. Quand on a besoin, pour un téléfilm, d'une très, très vieille dame, on pense à elle, et naturellement on dit : « Appelez la centenaire. » J'ai lu ça quelque part, dans un magazine. La centenaire, ça fait image ; ça accroche. On ne se doute pas que ça se mérite. Alors, elle en profite. Je jurerais qu'elle s'est fabriqué une enfance à l'usage des journaux, et c'est ça qu'on m'amène ici. La jolie aïeule, si gaie, si pétulante !

— Je t'assure que tu exagères.

— Vraiment ! J'exagère ! Tu ignores sans doute qu'on l'a entendue chanter, pas plus tard que ce matin, et son bonhomme l'accompagnait au piano. Et elle chantait quoi ?... Une imbécile chanson de son pays : *Funi* quelque chose.

— *Funiculi-funicula...*

— C'est ça. Kate l'a entendue. Et ça la faisait rire. Moi, ça m'a rendue malade. Je veux, ma petite Julie, que tu te renseignes. Puisque tu vas souvent à terre, tâche de me trouver une *Histoire du cinéma*. Son nom y sera cité, forcément, et il sera accompagné d'une petite notice biographique.

Elle se laisse aller sur l'oreiller.

— Tu me le promets ?

— Oui, dit Julie.

— Merci.

— As-tu besoin de quelque chose ?

— De rien. Qu'on me laisse tranquille.

Un dernier regard. Évidemment, Gloria est profondément blessée, mais elle va se battre. La partie est loin d'être gagnée. Julie s'en veut d'une pareille pensée et, en même temps, elle doit s'avouer qu'elle est curieuse de voir comment les choses vont tourner. C'est la première fois, au fond, que Gloria doit se défendre. Tandis que Julie enchaîne mécaniquement les gestes de la routine, ceux du dîner — potage et coquillettes au beurre —, ceux qui préparent le coucher — démaquillage, lavage (le visage, les mains, les dents, avec précaution à cause des bridges), et enfin le déshabillage, le conflit sournois avec la chemise de nuit, plus commode que le pyjama —, elle repasse dans sa tête, en accéléré, le film de cette existence tellement heureuse, tellement choyée, car Gloria — ses amies ont raison de le dire — a connu un bonheur constant, insolent et presque tapageur. La beauté, d'abord, une espèce de beauté lumineuse, comme en possèdent certaines fleurs, et ensuite le talent, mais pas un talent acquis par le travail. Plutôt une grâce, une facilité innée, un charme émanant de ses doigts. Et enfin un égoïsme qui l'avait toujours mise à l'abri de l'épreuve. Et là encore, pas un égoïsme mesquin. Pas un repli sur soi plus ou moins honteux. Tout au contraire, quelque chose comme une densité intérieure, une dureté inattaquable et souriante.

Julie s'allonge sur son lit et garde une Camel entre les lèvres. Elle aime ce goût sucré ; elle broute ses cigarettes autant qu'elle les fume. Elle revient paresseusement à Gloria, comme une chatte qui vérifie encore une fois son plat favori, depuis longtemps vidé mais toujours odorant. L'épisode Bernstein ne l'a pas marquée. Elle a gardé le nom de son mari. Elle a gardé le nom du mari et une bonne part de sa fortune et elle est partie à l'étranger. Bien sûr, restait Julie. Mais c'était surtout une affaire d'argent. Puisque la pauvre fille n'avait plus toute sa tête, il convenait de lui assurer une vie confortable. Gloria a fait son devoir. Elle est de celles qui font tout leur devoir pour se sentir quittes. Sans doute aurait-elle donné gros pour que sa sœur fût une malade et pas une infirme. D'une maladie, on guérit ou on meurt. On ne traîne pas. Mais rien de plus encombrant qu'un infirme. Un seul moyen : payer. Payer pour l'entourer d'un cocon protecteur et, après les maisons de repos, lui assurer des demeures agréables, servies par un personnel dévoué. Les époux successifs de Gloria étaient tous très riches. Cela allait de soi. Ils acceptaient gentiment la pauvre lépreuse. La lèpre ronge les doigts. Alors ? N'est-ce pas le mot propre ? Jean-Paul Galland était tout particulièrement charmant. C'est lui qui avait dit à Gloria : « Nous devrions prendre ta sœur avec nous. » Et ils s'étaient installés, tous les trois, à New York, non loin de Central Park, pour que Julie pût apercevoir les arbres, la verdure toute proche.

De même, quand Clément Dardel avait acheté son bel hôtel à Paris, tout à côté du parc Monceau. Ils essayaient, les uns après les autres, de lui faire oublier qu'elle n'était plus une vraie femme. Ils avaient pitié. Elle haïssait la pitié. C'est encore Armand Pradines qu'elle avait le mieux supporté. Elle se plaisait bien à Alger. Elle apercevait la mer. Et c'est à Alger qu'elle avait commencé à se risquer dehors, toute seule, après tant d'années de claustration volontaire. La plupart du temps Gloria était en tournée. Il lui arrivait de téléphoner, parce qu'une sœur aimante et dévouée téléphone. Souvent, Julie préférait ne pas répondre. Il y avait pour cela une dame de compagnie, ou une servante dûment stylée. Il y avait Clarisse depuis Alger. Quand Gloria avait épousé Oscar Van Lamm, le diamantaire, Clarisse avait suivi sa maîtresse à Paris. Clarisse était sa seule amie, parce qu'elle ne posait jamais de questions. Ses regards comprenaient tout. Déjà, à Alger, elle avait deviné pour Armand. Et peut-être, de proche en proche, avait-elle également deviné pour Clément Dardel, à travers les rares confidences de Julie. Et pour Jean-Paul Galland... Toutes ces morts dramatiques et inexpliquées... Jean-Paul s'était suicidé. Pourquoi ? Clément, lui, était juif. Son arrestation en 44 était presque prévisible. De même, au moment de la guerre d'Algérie, l'assassinat d'un colon comme Pradines n'avait rien de surprenant. Clarisse savait tout cela par bribes. Mais, parfois, elle avait une façon de regarder Julie... Que pouvait-elle soupçonner ? Gloria volait de par le monde, d'un concert à l'autre, superbe, élégante, adulée, et c'était Julie, gants noirs, vêtements noirs, qui gardait la maison, comme une veuve. Van Lamm, lui, n'avait pas fait long feu. Congestion cérébrale. Il n'y avait rien à dire. Clarisse n'avait pas eu à s'étonner. Mais elle avait vu sa maîtresse circonvenir Gina. Elle avait surpris des coups de téléphone ; elle avait forcément saisi le sens général du plan. Et si Julie était capable, grâce à ses immenses loisirs de femme inoccupée, de construire un plan comme celui-là, pourquoi, autrefois, n'aurait-elle pas imaginé, contre les maris de sa sœur...

À la place de sa servante, Julie aurait raisonné de cette façon-là. Mais aurait-elle été plus loin ? Aurait-elle compris ce qu'elle-même ne parvenait pas encore, après si longtemps, à démêler. Pour quel motif s'en prendre à des hommes qui l'avaient toujours traitée avec la plus extrême gentillesse ? Non, Clarisse ne pouvait pas savoir que Julie avait toujours eu peur de sa sœur. Surtout depuis le fatal coup de volant qui avait précipité l'auto sur l'obstacle. Gloria était hors d'atteinte, intouchable. Et même si on essayait de la frapper, indirectement, rien ne pouvait entamer sa chance. Sauf, peut-être, le temps, la patience, l'occasion. Mais la rancune elle-même s'effiloche, au fil des années. Clarisse avait pu constater que les deux sœurs, après la mort du dernier mari, s'étaient peu à peu rapprochées, avaient consenti à se supporter, le violon de l'une s'étant tu pour toujours après le piano de l'autre. C'était le hasard qui les avait amenées dans l'île. C'était le hasard qui avait conduit Gina à *La Thébaïde*. « Moi, peut dire Julie en toute bonne conscience, je n'ai rien voulu. Et si j'ai eu l'idée de les mettre en contact, c'est exactement comme un ingénieur qui étudie une combinaison chimique. »

Elle se lève et va boire un grand verre d'eau minérale. N'empêche que c'est, maintenant, la curiosité qui la tient éveillée, qui a réussi à dissoudre cette croûte d'indifférence qui l'enrobait comme un enduit protecteur. Gloria est en train de faire connaissance avec le doute. Elle qui n'a jamais souffert, ni de rien ni de personne, c'est à trois mois de sa victoire sur le temps qu'elle commence à s'interroger. Et Julie, comme si un don de double vue lui était soudain accordé, voit clairement la suite de la manœuvre, son dosage et sa progression. Quelque chose d'inconnu lui gonfle le cœur, une amère douceur qui va réveiller quelque part, dans son flanc, la douleur sourde qu'elle connaît bien. Il n'y a pas de temps à perdre. Elle demande à son somnifère un passeport pour l'aube et s'endort paisiblement.

Les cris des martinets la réveillent. Huit heures et demie. Rien ne la presse. Elle pourrait flâner au lit et dans la salle de bains, mais il lui tarde de savoir comment Gloria a passé la nuit. Elle appelle Clarisse.

— Comment va Gloria ?

— Elle n'a voulu prendre qu'un peu de thé, dit Clarisse, sans se lever.

— Comment t'a-t-elle reçue ?

— Pas très bien. Elle est grognon. Elle m'a demandé si le mobilier de Mme Montano était arrivé.

— Et qu'est-ce que tu lui as répondu ?

— Qu'on doit commencer à l'amener ce matin.

— Mais qu'est-ce que ça peut lui faire ?

— Elle voudrait que je m'arrange pour rôder autour de la maison. Elle a demandé la même chose à ses meilleures amies.

— Elle est obsédée, dit Julie. Tu ne crois pas ? Et ses amies ont l'intention de monter la garde autour des *Soleils* ? C'est ridicule.

— Oh ! elle vous le demandera !

— J'y vais. J'en aurai le cœur net.

Gloria était assise sur son lit, si ratatinée, si décharnée, soudain, qu'elle ressemblait à ces survivants des camps de concentration, aux immenses yeux vides ; mais elle avait pris la peine de remettre, au réveil, ses bagues et ses bracelets.

— Assieds-toi là, murmura-t-elle. Tu es gentille de t'occuper de moi. Tu seras bientôt la dernière.

— La dernière ? Pourquoi ?

— Parce qu'elles me lâcheront les unes après les autres. Hier soir, j'ai eu une petite prise de bec avec Pamela et Marie-Paule. Je trouve un peu fort qu'on vienne discuter ici, sous mon nez, des

138

mérites de la Montano. Cette pauvre Marie-Paule est tellement bête... Et la Gina par-ci, et la Gina par-là. Il paraît qu'elle aurait toute une collection d'objets d'art mexicains. Du coup, je l'ai envoyée promener. « Surveillez les déménageurs si le cœur vous en dit. Allez fourrer votre nez aux *Soleils*. Moi, je suis sûre qu'une femme qui a roulé sa bosse comme elle n'a jamais eu le temps de se construire un intérieur. » J'ai cru qu'on allait se fâcher. Et puis, pour finir, on a trouvé amusant d'aller jeter un coup d'œil là-bas. Elles doivent se relayer. Mais je les vois venir. Après, elles se feront inviter, pour inspecter tout à leur aise. Et moi, on me laissera crever dans mon coin.

— Mais non, dit Julie mollement. Tu ne vas quand même pas te rendre malade parce que Gina Montano possède peut-être quelques objets de valeur.

— Écoute, Julie. Mettons que je me monte la tête, mais tu ne voudrais pas aller te rendre compte par toi-même ? Après, je me sentirai mieux.

Julie, qui se rappelait assez bien ce qu'elle avait vu dans l'appartement de Gina, se fit un peu prier, pour la vraisemblance, mais finit par accepter, se promettant de ne pas trop mentir. Elle prit un air mystérieux.

— Je sais qu'elle a tout un petit musée personnel, chuchota-t-elle. Des photos d'acteurs célèbres, des cadeaux reçus à Hollywood, enfin tu vois le genre.

— Qui te l'a dit ? gémit Gloria.

— Oh ! je l'ai lu un jour, dans un magazine. Je me renseignerai. Cet après-midi, j'irai en ville et je te rapporterai une *Histoire du cinéma*. Avec ça, tu pourras te défendre. Mais, je te le répète, Gloria, personne ne songe à t'attaquer.

Il n'y avait que deux librairies importantes et les ouvrages consacrés à l'histoire du cinéma ne se bousculaient pas sur les rayons. Mais Julie se proposait seulement d'en rapporter un, n'importe lequel, pourvu que le nom de Gina Montano figurât à l'index alphabétique. Elle le trouva dans un volume récent et, comme elle s'y attendait, l'article était accompagné de quelques photos dont trois très anciennes, l'une tirée d'un film tourné en 1925, d'après une nouvelle de Somerset Maugham, la seconde datant de 1930 *(La Maudite*, sur un scénario de John Meredith) et la troisième, très belle, dans le rôle de Dorothy Mansion, l'héroïne de la célèbre affaire Holden (1947). Sa filmographie comptait une quarantaine de films, réalisés en majorité par des metteurs en scène estimables et même parfois réputés. Mais la Montano avait surtout laissé le souvenir d'une actrice aux amours tumultueuses. Sa liaison avec Ray Mollison, qui s'était tiré une balle dans la tête devant sa porte, à vingt-deux ans, avait provoqué un scandale dont on parlait encore. En revanche, peu de détails biographiques. Naissance à Naples, en 1887, et rien jusqu'à 1923, où elle apparaissait pour la première fois dans un rôle important *(Les Dix Commandements*, Cecil B. De Mille).

Julie acheta le livre et se promit de revenir plus souvent dans cette librairie où régnait l'ombre fraîche d'une bibliothèque fréquentée par des habitués silencieux. Son infirmité l'empêchait de feuilleter à loisir les ouvrages d'un format un peu important. Ils lui échappaient des mains. Elle était obligée de chercher un appui et de se déganter pour tourner les pages, entre le pouce et l'index. Mais le contact du papier glacé lui donnait encore une petite joie. Pour le plaisir, elle acheta aussi un album illustré : *Les Monuments de Paris,* et revint au port en flânant. Elle ne souffrait pas. Elle se supportait, s'efforçant d'être un regard sans pensée, de laisser le monde aller et venir en elle librement comme les couleurs sur la toile d'un impressionniste. C'était cela, son yoga. Il y fallait, autour d'elle, la vibration de l'été, un mouvement ininterrompu de silhouettes, un brassement de formes changeantes, et cela finissait par ressembler à cette musique atonale que sa sœur méprisait tant. Mais c'était ainsi qu'elle réussissait à effacer de son esprit... Oui. Effacer Gloria ! Mais sans palpitations, sans soubresauts du cœur. L'amener, en somme, à mourir tout doucement.

Au bord du quai, il y avait la vedette et des paquets, des colis pour Gina. *La Thébaïde* devait être aux aguets. Julie alluma une Camel avec un briquet à amadou qu'elle venait d'acheter, un vrai briquet de prolétaire que le vent ne pouvait pas éteindre.

Le chemin privé montait doucement. À mesure qu'elle se rapprochait de la maison, sa résolution s'affirmait. Le livre qu'elle rapportait n'indiquait que les dates des œuvres. Par exemple : *La Maudite* (1930) ou bien : *L'Affaire Holden* (1943), ou encore certains détails comme les dates de naissance, simples repères destinés à mieux situer les artistes dans leur temps. Et la plupart des histoires du cinéma présenteraient les mêmes petites lacunes, sauf, peut-être, les ouvrages les plus importants, mais qui, à *La Thébaïde*, chercherait à se les procurer ? Non. Ce qui piquait la curiosité, c'était le combat sournois qui commençait entre les deux vieilles. Cela promettait de ressembler à un duel d'insectes, de ces bêtes lentes, maladroites, hérissées de pattes, d'antennes, de mandibules, de tarières, une empoignade de scorpions, tâtonnant pour porter le coup mortel. Et les deux adversaires, maintenant, avaient pénétré à leur insu dans le champ clos. Il était trop tard pour intervenir.

Julie arriva aux *Iris*. Elle rencontra dans le hall le Dr Prieur qui sortait de l'appartement de Gloria.

— Ma sœur est souffrante ?

— Non. Rassurez-vous. Un peu de fatigue, mais une tension excessive. 23, c'est beaucoup. Est-ce qu'il y a quelque chose qui la tracasse ? À son âge, vous savez, on n'est ni malade ni bien

143

portant. On est en équilibre. Il suffit d'un souci et le plateau de la balance s'incline.

Julie ouvrit sa porte après avoir longuement fouillé dans son sac. Tout en l'explorant, elle s'efforçait de plaisanter.

— Excusez-moi. J'ai des mains aveugles. Il leur faut le temps de reconnaître les choses. Entrez une minute. Qu'est-ce que je vous offre ?

— Mais rien. Et d'ailleurs je suis pressé. Je dois passer aux *Soleils*. Mme Montano s'est blessée légèrement à un doigt, en déclouant une caisse. Rien de grave. Mais dites-moi, pendant que je l'examinais, votre sœur n'a pas cessé de m'interroger sur cette personne. J'ai même cru, d'abord, qu'elles étaient parentes.

— Oh ! nous n'avons plus de famille, docteur. Ou presque plus. Nous sommes trop âgées. Les parents, les cousins, les proches, nous les avons semés en route. Nous sommes des cimetières.

— Voulez-vous bien vous taire ! s'écria le docteur. Voyez-vous, ce que je me demande, c'est s'il était bien indiqué de réunir ainsi deux centenaires. Je jurerais que ce voisinage agace votre sœur et que c'est ce qui cause son agitation.

— Alors, qu'est-ce qu'on peut faire ?

— Eh bien, d'abord, diminuer cette tension. Et puis...

Le docteur réfléchit et reprit :

— Et puis, peut-être, lui donner un tranquillisant léger. Mais en la surveillant. Elle est comme un brûleur qui s'éteint s'il est réglé trop bas mais

144

qui peut se détruire s'il s'emballe. Tenez-moi au courant. Et vous-même ?

— Moi, je ne compte plus, dit Julie. C'est Gloria qui m'inquiète.

— Non. Il n'y a quand même pas de quoi s'inquiéter. Mais qu'elle se repose. Qu'elle cesse de recevoir trop de visites. D'ailleurs, je l'ai prévenue. Je reviendrai demain.

Julie accompagna le docteur et lui tendit son poignet à serrer.

— Je vous promets de veiller sur elle, dit-elle.

Quand elle prononçait de telles paroles, il lui semblait qu'elle se dédoublait, la voix du mensonge faisant écho à la voix de la sincérité.

Elle prit le temps de passer une robe sombre et de changer de gants, puis elle se rendit chez sa sœur. Gloria était assise dans son fauteuil, sa canne à portée de la main, l'œil mauvais, mais, dès que Julie apparut, elle prit son air le plus dolent.

— Ça ne va pas, dit-elle. Le docteur sort d'ici. Il prétend que je me fais des idées, mais je sens bien que j'ai quelque chose. Et toi, qu'est-ce que tu m'apportes ?

Julie attaqua le paquet si maladroitement que Gloria le lui enleva des mains.

— Donne ça, ma pauvre fille. Qu'on en finisse. Alors, as-tu trouvé des renseignements ?

— Pas grand-chose, dit Julie. La grande période de Gina, c'est tout de suite après la guerre : *L'Affaire Holden*. Elle avait juste cinquante ans, mais...

— Comment ça, cinquante ans ? l'interrompit Gloria.

— Eh bien, oui.

— Tu veux dire qu'elle est de 87, comme moi ?

— C'est du moins ce qui est indiqué.

— Montre.

Julie lui chercha la page et Gloria lut à mi-voix la notice.

— Je me souviens de ce petit Ray Mollisson, dit-elle. En 51, voyons, je venais de fonder le quatuor Bernstein. Alors, elle aurait eu soixante-quatre ans quand cet imbécile s'est tué ?... C'est incroyable. Eh oui, pourtant. Je jouais à Londres quand Kogan, le petit violoniste, a remporté le prix de la reine Élisabeth. J'ai assisté à la réception. Mon Dieu, c'était en 51 !

Elle laissa le livre glisser sur ses genoux et ferma les yeux.

— Te rends-tu compte, Julie, quand elle leur racontera ça ? Parce que, tu peux en être sûre, dès qu'elle sera installée, elle essaiera de me voler mes amies, grâce à ses histoires. Tu penses. Toutes ces idiotes qui ne savent à quoi s'occuper, tu les verras se bousculer dès que la Montano fera savoir qu'elle va leur ouvrir son alcôve.

Julie l'observait, comme le Dr Moyne l'observait elle-même, après avoir étudié ses radios. Gloria, à plusieurs reprises, fit aller sa tête de droite à gauche, de gauche à droite, la bouche crispée par une brève souffrance. Puis elle murmura, sans rouvrir les yeux :

— Julie, j'ai beaucoup réfléchi. Je ne peux plus

supporter si près de moi la présence de cette gourgandine. J'aime mieux partir, m'en aller n'importe où. Il doit bien y avoir d'autres Thébaïdes quelque part.

Au coup qu'elle ressentit en plein cœur, Julie comprit à quel point elle était attachée à son plan. Réfugiée ailleurs, Gloria retrouverait sa belle santé. Tout s'écroulait. Et bien sûr, d'un certain point de vue, tout cela était sans importance. Mais en même temps, c'était affreux... Julie tapota l'épaule de Gloria.

— Tu dis des bêtises. Voyons. Reprends-toi. D'abord, des résidences comme celle-ci, il n'y en a pas dans la région. Et puis supposons... On s'en va, ou plutôt toi, tu t'en vas, parce que moi je n'aurai pas le courage de te suivre.

Gloria se souleva brusquement et regarda sa sœur avec une sorte d'égarement.

— Tu viens avec moi, s'écria-t-elle. Tu sais bien que je ne peux pas me passer de toi.

— Bon, admit Julie. Nous quittons *La Thébaïde*. Qui est-ce qui va pavoiser ? Qui est-ce qui se frottera les mains ? Hein ? Gina, évidemment. Gina, qui pourra dire tout le mal de toi, quand tu ne seras plus là pour lui clouer le bec. Qu'un garçon se soit suicidé pour elle, c'est plutôt flatteur. Mais toi, ma pauvre Gloria... un divorce, un deuxième mari qui est accusé d'homosexualité et s'empoisonne... un troisième mari déporté pour marché noir... un quatrième mari...

— Ah ! tais-toi ! gémit Gloria.

— C'est elle qui déballera tout ça. Elle suggé-

147

rera qu'il valait mieux pour tout le monde que tu cèdes la place. Et personne ne sera plus là pour te défendre.

— C'est du passé. Et ces choses-là, je les garde pour moi.

— Mais si elle apprend que son passé à elle t'intéresse, c'est ton passé à toi qu'elle se mettra à fouiller. Si tu commences à questionner, par-ci par-là, sur sa jeunesse, sur son enfance, tu l'auras tout de suite sur le dos. Et au fond, ça se comprend. Elle a bien le droit de ne parler à personne de sa naissance, de ses premières années à Naples.

— Mais je m'en fiche de ses premières années, protesta Gloria violemment. Ce que je trouve intolérable, c'est qu'elle prétend être née en même temps que moi.

— En même temps, c'est à voir... Et puis, ce qui compte, c'est votre carrière. Et la tienne vaut largement la sienne. Tu restes le modèle d'une existence accomplie. Tu es ce que chacune de tes amies aurait voulu être. Alors cesse de geindre. Et pour commencer, soigne-toi énergiquement. Je t'achèterai du fortifiant. Fais de la musique, ouvre ta porte, souris. Sois comme avant.

Gloria caressa le bras de sa sœur.

— Merci. Tu es gentille. Je ne sais pas ce qui m'a prise. Ou plutôt je le sais fort bien. Je me suis brusquement mis dans l'idée que ce n'est pas l'artiste qu'on veut décorer, mais la centenaire. Et si nous sommes deux, la Montano aussi sera décorée. Et ça, non, je ne le supporterai pas.

Julie n'avait pas envisagé cet aspect de la question et elle hésita avant de répondre précipitamment.

— Je vais me renseigner, mais c'est toi qui as été pressentie la première. C'est une affaire d'ancienneté, tu comprends. Non, tu n'as pas de soucis à te faire.

Pour masquer son embarras, elle alla à l'électrophone et retourna le disque.

— Un peu de Mozart, dit-elle. Tu te rappelles ?

— Je l'ai joué tant de fois, dit Gloria.

Elle joignit les mains, dans une attitude de prière. « Ce n'est pas possible qu'elle ait vieilli à ce point », pensa Julie.

— Approche-toi, murmura Gloria. J'ai calculé. Il faut que je tienne encore trois mois, jusqu'à mon anniversaire. Après, je pourrai mourir. Mais d'abord, ma médaille. C'est bête, c'est tout ce que tu voudras, mais je n'ai plus que ça dans l'esprit. Tu crois qu'on peut donner la Légion d'honneur à une étrangère ? Parce qu'enfin, elle est italienne. Moi, j'ai rendu service à la France. Pas elle. Tiens, passe-moi mon press-book.

— Lequel ?

— Le tome VI.

Elle savait presque par cœur ce que contenait chaque classeur. Les coupures de presse étaient rangées par ordre chronologique : comptes rendus, articles de critiques réputés, éloges enthousiastes et interviews, photos prises au flash à son arrivée à la salle de concerts, dans la bousculade des badauds, quarante ans de célébrité et des titres en toutes langues : *Wonder woman of French music... An enchanted violin... She dazzles New York audience...*

Le tome VI était le dernier de la série. Gloria l'ouvrit sur ses genoux et sa sœur, un bras autour de ses épaules, tête contre tête, lisait en même temps qu'elle.

— Ça, c'était Madrid, remarquait-elle. Moi aussi, j'y ai joué, en 1923. Même salle. Même scène. Mais c'était Igor Merkin qui dirigeait.

— Et ici, disait Gloria. Boston. Un immense succès... Des comptes rendus comme j'en ai rarement eu... *A unique genius... Leaves Menuhin simply nowhere...* Tu as raison. La Montano peut toujours s'aligner !

Pour un bref instant, elles étaient complices et s'émerveillaient ensemble. Ce fut Gloria qui, étourdiment, rompit le charme :

— Tu as gardé ton press-book ? demanda-t-elle.

— Il y a longtemps que j'ai tout balancé, répondit Julie.

Elle se sépara de sa sœur et alla stopper le tourne-disque. Puis, sur un ton léger :

— Je te laisse. Si tu as besoin de quelque chose, tu m'appelles.

Ce soir-là, Julie mangea de bon appétit. Toute douleur avait disparu. Clarisse l'observait, surprise et vaguement inquiète. Si elle était habituée aux sautes d'humeur de Gloria, Julie, elle, montrait toujours le même visage raidi dans une sorte

150

de refus. Clarisse se serait bien gardée de poser des questions. Pour rompre le silence, elle parla de M. Holtz. C'était un sujet inépuisable car il ne cessait de faire la navette entre sa maison et celle de Gina, pour « donner un coup de main », disait-il aux personnes qu'il croisait. Et, dans la résidence, on guettait activement, par les yeux du personnel ou des voisins les plus proches. Pamela, dissimulée dans l'entrebâillement d'un volet, observait à la jumelle les caisses qu'on apportait aux *Soleils*. Elle avait déjà remarqué de la vaisselle de prix, des pièces de mobilier qui devaient être des éléments de bibliothèque, un lampadaire de style indéterminé, mais peut-être d'inspiration mexicaine. Et le téléphone sonnait sans cesse, près de Gloria.

— Ça ressemble un peu aux puces, déclarait Kate. Vous savez à quoi je pense ? À ces salons d'anciens champions, encombrés de coupes, de vases, de trophées en argent doré. C'est Holtz qui sort de la paille devant la porte tout ce bric-à-brac et l'emporte religieusement dans la maison. Il en pince pour elle, ma parole. Elle pourrait être sa mère.

Et Gloria, toujours plus avide de renseignements, s'adressait successivement à ses amies les plus sûres qui, elles aussi, s'arrangeaient, en se promenant, pour s'attarder devant *Les Soleils*.

— Non, disait la petite Heurtebois, on ne la voit jamais. Elle reste à l'intérieur pour diriger sa main-d'œuvre. J'ai repéré quelques toiles, maniées avec énormément de précautions. C'est sans doute précieux.

Simone, elle, était frappée par l'importance du matériel de cuisine.

— Ce n'est pas possible, s'exclamait-elle, il y a de quoi nourrir une pension de famille. Vous verriez ces fours, ces moulins, ce matériel, et le réfrigérateur où on logerait sans peine. Qu'est-ce qu'elle doit bouffer !

— Mais, dit Clarisse, il y a un objet dont personne n'a deviné l'emploi. C'est un récipient, ou plutôt une cuve en verre, qui doit bien faire plus d'un mètre de long et qui paraît très profonde. Ça ressemble à une petite baignoire. Votre sœur et ses amies font des tas de suppositions. Comme il y a une machine à laver, ça n'a rien à voir avec la lessive.

— Est-ce que c'est muni d'un couvercle ?

— Non. Pas de couvercle.

— Et si c'était un classeur ? Ou bien un meuble à ranger des cassettes, des bobines de vieux films. Un endroit facile à utiliser grâce à ses parois transparentes. On lit tout de suite les étiquettes.

— Non. C'est trop profond.

Gloria cherchait. Tout le monde cherchait. Ce fut Roger, le concierge, qui livra la clef de l'énigme et, aussitôt, avec la rapidité d'un feu de broussailles, le bruit courut, s'amplifia, se fortifia de détails nouveaux.

— C'est Mme Genson qui l'a dit.

— Qu'est-ce que c'est ?

— Il paraît que c'est un aquarium. Roger a aidé à le loger dans le salon.

— Un aquarium ! Mais d'habitude, c'est pour de tout petits poissons. Et puis, il va falloir amener toute une tuyauterie, prévoir un socle en maçonnerie.

— Elle est complètement toquée, trancha Gaby Le Clech.

Gloria téléphona à Julie.

— Tu es au courant ?

— Oui. On en parlait chez Raoul. Un aquarium, c'est bizarre, mais tout est bizarre, chez Gina.

— Tu ne comprends donc pas ? C'est dirigé contre moi. Enfin, réfléchis. Ça crève les yeux. Tout le monde voudra le voir, cet aquarium. Et pourvu qu'il soit aménagé avec goût, un joli éclairage, des poissons, des coraux, des plantes aux formes surprenantes, on fera des bassesses pour être invité. Un aquarium, c'est ce qu'elle pouvait inventer de plus efficace pour débaucher mes amies.

— Écoute, Gloria. J'irai, moi aussi.

— Ah ! tu vois ! Toi aussi.

Sa voix se cassait, se mouillait.

— Laisse-moi finir, veux-tu, dit Julie fermement. J'irai uniquement pour te prêter mes yeux et mes oreilles, et je te rapporterai tout ce que j'aurai vu et entendu. Mais rien ne presse. Il faut l'équiper, cet aquarium, faire venir des poissons. Alors, ne recommence pas à te monter la tête.

Julie reposa le téléphone et dit, pour Clarisse qui passait l'aspirateur :

— Les vieux, décidément, ce n'est pas beau. Cette pauvre Gloria, quand je pense aux fêtes, aux réceptions, à Paris, du temps de ses premiers maris... Elle était la reine de toutes ces soirées... Et maintenant, à quoi passe-t-elle son temps ? À ruminer des sottises, à faire de la dépression pour une question d'aquarium. Retiens bien ça, Clarisse. Elle va en faire une maladie.

Gloria riposta en proposant une causerie au titre prometteur : « Mes chefs d'orchestre. » Jamais elle n'avait été mieux coiffée, mieux maquillée, mieux parée et il fallait être Julie pour surprendre le léger affaissement des joues et, autour des yeux, l'affleurement de l'os qui laissait deviner la tête de mort. Mais, aux lumières, elle faisait encore bon visage et elle savait comme personne doser l'éclairage de la chambre, volets mi-clos, appliques allumées au plus juste. Elles étaient toutes là, les fidèles, qui jacassaient avec entrain. Toutes, sauf Nelly Blérot.

— Pourquoi ? demanda Gloria à voix basse. Elle est malade ?

— Non, dit Julie. Elle est simplement en retard.

Mais Nelly ne vint pas. Gloria essaya de se montrer enjouée, brillante. Elle eut bien un ou deux trous de mémoire — impossible, notamment, de retrouver le nom de Paul Paray — mais elle eut la coquetterie de s'excuser gentiment, comme une petite fille qui rate son compliment, et la compagnie, une fois de plus, fut ravie. On entendit un fragment du concerto de Beethoven. Julie, qui en connaissait la difficulté, ne pouvait s'empêcher d'admirer. Nul doute. Gloria avait été une remarquable interprète. Elle aurait dû mourir au soir d'un de ses triomphes, au lieu de lutter vainement contre le gâtisme. C'était finalement lui rendre service que de... Julie n'osait pas terminer sa phrase mais elle se sentait de plus en plus fortement du côté de la justice. Et, au fond, elle avait toujours été du côté de la morale ; sa lettre au lieutenant Lambot ne venait pas d'un sentiment mesquin. Et celle qu'elle avait écrite, à New York, pour révéler que Jean-Paul Galland était un homosexuel à ses heures, c'était pour mettre sa sœur à l'abri d'un inévitable scandale. Toujours, toujours elle avait su prévenir le scandale. Dardel faisait du marché noir. Ne valait-il pas mieux prendre les devants en révélant qu'il était juif ?

On applaudissait autour d'elle. On félicitait bruyamment Gloria. « Quel merveilleux talent ! » ... « C'est cela, le don des Dieux. »... Les imbéciles ! Avec leurs louanges de quatre sous ! Un peu en retrait, Julie faisait, à l'insu de tous, sa crise de conscience, comme un cardiaque épiant son malaise, et peu à peu la paix lui était rendue. Pradines s'était compromis avec l'O.A.S. ou peut-être avec le F.L.N. Eh bien, là encore, elle s'était mise du côté de la justice. Une ligne, sur un bout de papier, c'est plus expéditif qu'un détonateur. Et maintenant...

Gloria se rapprocha d'elle.

— Tu peux me dire pourquoi Nelly n'est pas venue ?

À ce moment-là, Clarisse apporta discrètement une lettre parfumée, que Gloria ouvrit aussitôt, et sa figure grimaça vilainement.

— Lis.

— Tu sais, sans mes lunettes...

— Eh bien, tu l'as deviné, c'est de la Montano.

Chère,

J'aurais tant désiré être des vôtres. Vous savez si bien évoquer les souvenirs, m'a-t-on dit. Je suis, hélas, un peu fatiguée par mon installation. Pour me faire pardonner, venez chez moi m'aider à... Vous avez en français une charmante expression... prendre la crémaillère. Dès que je serai prête, vous serez la première à qui je donnerai le signal. À bientôt.

Votre affectionnée Gina.

— Quel toupet, s'écria Gloria. Je t'en foutrais, moi, des affectionnées ! Non, mais qu'est-ce qu'elle croit ? Elle peut se l'accrocher, sa crémaillère.

Gloria était devenue toute pâle. Julie lui serra l'épaule.

— Tu ne vas pas te mettre à pleurer, voyons. Attends qu'elles soient toutes parties.

Gloria ne pouvait plus parler. Elle étouffait.

— Va chercher le docteur, dit Julie à Clarisse.

— Non, surtout pas, gémit Gloria. Ça va passer. Mais je t'avais prévenue. Aujourd'hui, c'est Nelly qui lâche sans prévenir. Demain, il y en aura d'autres. Je ne méritais pas ça.

Le Dr Prieur prit Julie à part.

— Il n'y a pas lieu de s'alarmer, dit-il à voix basse, tandis que Clarisse rebordait le lit. Mais enfin elle est à surveiller. Il y a quelque chose qui l'inquiète, nous en avons déjà parlé. Vous ne voyez pas d'où peut venir cette anxiété ? Elle ne s'est pas querellée ?

— Oh ! docteur, protesta Julie. Elle n'a que des amies, ici.

— Reçoit-elle du courrier ?

— Non. Elle reçoit bien des relevés de comptes bancaires, des choses comme ça, mais ce n'est pas du courrier.

— S'occupe-t-elle encore activement de ses affaires, de placements en bourse, par exemple ?

— Non. Son portefeuille est entre les mains d'un agent de change qui s'occupe de tout. De ce côté-là, nous sommes bien tranquilles.

Le docteur replia lentement son stéthoscope et hocha la tête.

— C'est à n'y rien comprendre, reprit-il. Côté

famille, rien. Côté argent, rien. Côté confort, ici même, rien. Pas la moindre cause de souci nulle part. Et pourtant il est évident qu'elle se ronge. Elle dort de plus en plus mal. Elle a perdu l'appétit. Ce matin, elle fait un peu de température. 37,8. Elle aurait trente ans, ce ne serait pas significatif, bien sûr. Mais à son âge, le moindre signe un peu anormal est à prendre au sérieux. Or, je n'aperçois aucun désordre organique. Si vous le permettez, je ferai venir un confrère. C'est un excellent neurologue, mais le mot ne sera pas prononcé. Ne dramatisons pas.

Il s'approcha de Gloria et prit cette voix faussement enjouée avec laquelle on donne le change aux malades.

— Reposez-vous bien, chère madame. Ce ne sera rien. Des centenaires comme vous, ça défie le temps. J'ai un excellent ami qui prend en ce moment des vacances sur la Côte, le Pr Lambertin. Il serait curieux de vous voir. Puis-je l'amener, demain ou après-demain ? Oh ! il vous connaît bien ! Il a fait du violoncelle, autrefois. Il vous admire énormément.

— Eh bien, qu'il se dépêche, murmura Gloria. Je n'en ai peut-être plus pour longtemps.

— En voilà, des idées ! s'écria le docteur.

Gloria eut, de la main, un geste fataliste.

— Tout ce que je demande, fit-elle, avec un détachement admirablement bien imité, c'est de tenir jusqu'à la Toussaint. Après...

— Mais pourquoi justement la Toussaint ?

— Parce que ma sœur aura cent ans ce jour-là, expliqua Julie.

Le docteur tapota l'épaule de Gloria.

— Promis. Vous irez jusqu'à la Toussaint... et bien au-delà, croyez-moi.

Il reprit son attaché-case et Julie l'accompagna.

— Elle attend la Toussaint, dit-elle, non pas comme une fête religieuse, ni même comme une date anniversaire, mais comme quelque chose de fabuleux, d'exceptionnel. Elle doit être décorée de la Légion d'honneur, ce jour-là.

— Ah ! c'est donc pour ça qu'elle se rend malade ! Vous me rassurez. Mais quand même, il y a quelque chose qui m'échappe. La joie devrait lui donner des forces supplémentaires. Or, je sens qu'elle a peur. Vous-même, qu'en pensez-vous ?

— Je pense que ma sœur adore se faire plaindre, voilà. Elle a besoin d'être entourée, choyée, d'être au centre de tout.

— Oui, j'ai bien eu cette impression. Mais je suis convaincu qu'il y a autre chose.

Ce matin-là, Julie alla fumer quelques Camel sous les pins, malgré la défense des jardiniers qui vivaient dans la crainte d'une imprudence. Le Dr Prieur avait beau chercher, il ne devinerait jamais pourquoi Gloria avait peur. Mais ce neurologue ? S'il fouinait un peu ? S'il comprenait, lui, que le voisinage de Gina était aussi vénéneux pour Gloria que l'ombre du mancenillier. S'il conseillait à Gloria de chercher une autre retraite ! Julie devait reconnaître que la Montano était sa seule arme. Si

on l'en privait, elle n'avait plus qu'à mourir la première, encore une fois victime. Tant d'efforts pour
n'être pas toujours l'éternelle sacrifiée et, au
moment de remporter une victoire qu'elle attendait
depuis trente ans, quarante ans, elle ne savait plus...
elle risquait de voir Gloria lui échapper, et c'était un
arrachement de l'âme, la brutale certitude que dans
la vie tout est toujours truqué, arrangé au profit des
mêmes, la tricherie étant la loi.

Non, Gloria ne devait plus quitter *La Thébaïde*,
sous aucun prétexte. Et le meilleur moyen de la
retenir — c'était une décision bien dure à
prendre, mais il fallait aller au plus pressé... Et la
Toussaint... elle compta par habitude sur ses
doigts fantômes... Trois mois, encore trois mois.
Toutes ces années derrière elle, toute cette gri-
saille, et maintenant trois mois, cela lui paraissait
comme un chemin de crête entre des abîmes. Le
plus simple aurait été de céder au vertige. Un
coup de fil au chirurgien : j'accepte d'être opérée,
et on n'en parle plus.

Longtemps, elle pesa le pour et le contre. Hos-
pitalisée, elle bloquait Gloria dans l'île, et Gloria
bloquée, c'était Gloria perdue. Mais si l'interven-
tion tournait mal — et de ce côté-là, on pouvait
redouter le pire — c'était elle qui disparaissait la
première. C'était elle, encore une fois, la per-
dante. Un air léger allait et venait sous les pins. À
travers les verdures, on apercevait du bleu, des
étincelles de soleil sur la mer. Julie, toute à son
calcul de mort, ne voyait rien, n'entendait rien,
n'était plus que crispation et angoisse, comme une

joueuse qui va miser ses derniers jetons. De toute
façon, c'était la fin de la partie. Elles étaient
condamnées toutes les deux ; mais dans quel
ordre ? Ainsi froidement définie, la situation perdait sa pointe et son tranchant, cessait de ressembler à un remords et Julie, depuis Florence, s'était
entraînée à étrangler ses remords, comme une
fille-mère qui tue ses nouveau-nés. Elle n'avait
voulu affronter, sans trembler, que des problèmes. Aujourd'hui, pas d'émotion équivoque.
Il y avait encore, mais pour la dernière fois, un
problème à résoudre.

Elle se leva, brossa sa jupe où s'accrochaient
des aiguilles, et revint aux *Iris* sans rencontrer
personne. On faisait volontiers la grasse matinée,
à *La Thébaïde*. Interdiction de manœuvrer les
tondeuses à gazon, ou de faire marcher les tran-
sistors. Pauvre M. Holtz, avec son superbe piano.
Julie avait repris tout son sang-froid. Son plan
était prêt. Les attaques, les ripostes, elle avait
bien tout en tête. Avec Clarisse, elle arrêta son
menu. Du flan, ça suffirait.

— Et Gloria ?

— Des filets de sole à la crème et une tarte
aux abricots.

— Eh bien, pour quelqu'un qui se dit malade,
elle n'a peur de rien.

— Oh ! mais, fit Clarisse, je crois qu'elle veut
surtout qu'on s'inquiète.

Ainsi, c'était donc ça la contre-offensive de
Gloria. Mettre à profit un petit malaise pour jeter
l'émoi dans le cercle des intimes et retirer à la

162

Montano quelques supporters. Toutes au chevet de la centenaire, la seule vraie. Mais Gina n'était pas de celles qui s'en laissent conter. À trois heures, la vedette amena cinq ou six journalistes. La presse locale avait pris rendez-vous pour une interview de la grande actrice, et Gina les promena partout, dans sa villa, se fit photographier dans la cuisine ornée d'affiches et près de son aquarium où des poissons, qu'on aurait crus peints à la main par un Carzou ou un Fernand Léger, flânaient vaniteusement parmi des coraux et des lianes. On but dans le jardin à la santé de Gina, à celle des deux centenaires.

— La salope, s'écria Gloria, le lendemain, lorsque les journaux arrivèrent. Tout ça, pour me narguer.

Mais les photos de l'aquarium la laissèrent sans voix. Elles étaient en couleurs, avec quelques gros plans d'un poisson au nom savant qui paraissait peint en guerre, avec ses bigarrures, ses zébrures, son masque funèbre.

— Quelle horreur, finit-elle par dire. Enlève-moi ça.

— J'ai bien réfléchi, dit Julie. Tu dois répondre à son invitation et assister à la petite fête où elle va t'inviter.

— Jamais de la vie, protesta Gloria avec une force qui la fit tousser. Tu veux me rendre malade.

— Mais non. Je prétends seulement que tu ne dois pas perdre la face. Elle est sûre d'avance que tu t'excuseras, et tu peux deviner ses commen-

taires : « Elle n'a plus la force de se déplacer »...
« Il paraît qu'elle ne peut plus mettre un pied
devant l'autre. C'est la fin ! » Tandis que si on
t'aide à marcher jusqu'aux *Soleils*... ce n'est pas
bien loin... tu fermeras le bec aux plus malinten-
tionnées. Naturellement, tu jetteras un rapide
coup d'œil, en passant, à son poisson dont elle est
si fière, et tu te détourneras en murmurant :
« Oh ! qu'il est laid ! » Ça fera un effet terrible
sur l'assistance, étant donné ton influence, et elle
regrettera de t'avoir invitée.

Gloria l'écoutait gravement.

— À quoi nous en sommes réduites, dit-elle.
Ma pauvre vieille.

— Soigne-toi bien, en attendant, conseilla
Julie. Il faudra que tu fasses un gros effort.
Prends du fortifiant. Et puis ce neuro... ce Lam-
bertin, à ta place, je le décommanderais.

Mais, par un concours de circonstances malheu-
reuses, la lettre survint dans l'heure qui précéda
la visite du Dr Prieur et de son confrère. Il était
trop tard pour reculer. Le Dr Lambertin avait des
façons douces d'interroger, de longues mains pré-
cautionneuses, et une voix très grave qui roulait
les R à la bourguignonne. Assis tout près du lit,
l'oreille penchée comme celle d'un confesseur, il
écoutait Gloria, patiemment, la relançant quand
elle s'arrêtait, et par moments il passait sur le
front de la patiente le coin d'un fin mouchoir qui
appartenait à Julie, car Gloria avait très chaud, à
mesure qu'elle résumait sa vie. Loin du lit, assise
sur le bord d'une chaise, Julie découvrait avec sai-

164

sissement que l'existence de sa sœur, qu'elle avait pourtant partagée, devenait, racontée d'une certaine façon, l'histoire d'une inconnue toujours guidée par les plus nobles aspirations. Des querelles, des violences avec Bernstein, pas un mot. Jean-Paul Galland était presque passé sous silence... Un gentil garçon, un peu mou... Il fallait le comprendre... Une nature d'artiste...

D'artiste, s'emportait silencieusement Julie, un artiste qui avait un petit ami comme chauffeur, et qui courait après tous les petits chasseurs de palaces. Et Dardel, qui fricotait avec toutes sortes de revendeurs louches. Qu'est-ce que c'était que cette vérité refaite comme un visage ravagé dont on s'efforce d'effacer les rides. Et Pradines qui, dans le micmac de la guerre d'Algérie, trahissait plus ou moins tout le monde. Mais Gloria avait été la femme qui ne se trompe jamais. Elle avait donc choisi des hommes au-dessus de tout soupçon, et maintenant elle faisait défiler sa vie conjugale avec une sincérité dans l'affabulation qui jetait Julie hors de ses gonds. Elle avait envie de crier : « Pas vrai ! Elle les a épousés parce qu'ils étaient riches, et parce qu'ils l'adoraient. Parfaitement. Ils l'adoraient. Jusqu'au vieux Van Lamm qui ne voulait pas savoir qu'elle avait des amants. Parce que ma sœur n'était pas une vestale vouée au culte du violon. À quatre-vingts ans, elle ne laissait passer aucune occasion. Je le sais, moi. J'étais toujours derrière les portes. Et je ne dis pas que c'était répugnant. Mais qu'on essaie maintenant de tromper son médecin et de lui faire les yeux doux, c'est un peu fort. »

Elle finit par sortir sur la pointe des pieds et alla fumer une cigarette dans le vestibule, pour calmer sa colère. À travers sa jupe elle se massa le flanc. Elle souffrait un peu. Il y avait une mystérieuse correspondance entre son humeur du moment et la chose qu'elle portait comme un fœtus. Elle relut le billet qu'elle avait apporté à Gloria, une heure auparavant. Aimable et concis, imprimé comme un carton officiel, à l'exception d'un mot écrit à la main : *Amicalement*, et la signature, très ornée, avec un G majuscule qui s'enroulait comme un lasso. Il faudrait sans doute beaucoup de persuasion pour convaincre Gloria.

Les deux médecins sortirent ensemble.

— C'est un admirable violon, disait Lambertin au Dr Prieur.

Probablement s'intéressait-il plus au stradivarius qu'à Gloria. Il reprit son air le plus professionnel pour s'adresser à Julie.

— Quelle femme extraordinaire ! Et quelle vitalité ! Voyez-vous...

— Mais qu'est-ce qu'elle a au juste ? coupa Julie. Elle a beaucoup changé en peu de temps. Elle paraît déprimée.

— Elle l'est. Vous avez raison. Je vais sans doute vous surprendre mais, à mon avis, Mme Bernstein ne s'était pas encore rendu compte qu'elle allait avoir cent ans. J'entends par là qu'elle s'en amusait, qu'elle en tirait un surcroît d'originalité sans avoir pris conscience que cent ans c'est le bout de la route et après... eh bien, justement, il n'y a plus d'après. Tout s'est passé comme si elle venait d'ouvrir les yeux et de se sentir toute seule, complètement perdue, au bord de la tombe. Votre sœur, toute sa vie, a été très entourée, n'est-ce pas ? Vous-même, vous étiez toujours là auprès d'elle. Je pense qu'elle n'a jamais fait l'expérience de la solitude, quand on n'est plus que soi et que tout ce qu'on a eu, la célébrité, les amours... Fini ! Il n'y a plus personne dans la salle.

— Je sais, murmura Julie. Il y a plusieurs fois cent ans que je sais cela.

— Excusez-moi. Êtes-vous croyante ?

— Même pas.

— Et elle ?

— Elle n'a pas eu le temps.

Ils commencèrent tous les trois à marcher vers le jardin. Lambertin reprit :

— Alors, qu'est-ce qu'il lui reste ? La révolte. Et d'abord la révolte contre son entourage. Elle en est au stade où l'animal qui vivait libre se débat furieusement dans le filet qui l'immobilise. Le stade qui suivra bientôt sera celui de l'abattement. Ensuite...

Le Dr Prieur l'interrogea, avec une déférence marquée.

— Ne croyez-vous pas que la présence, ici, d'une autre centenaire...

— C'est évident, fit Lambertin avec vivacité. La personne qui a eu l'idée d'un tel rapprochement a commis, sans le savoir, un véritable crime.

Vous connaissez la phrase fameuse : « Deux alligators ne peuvent pas vivre ensemble dans le même marigot. » Ces deux pauvres vieilles vont se dévorer. C'est pour elles le seul moyen de faire battre encore leur cœur qui n'en peut plus. Qui va l'emporter ? Eh oui, hélas. Elles ont possédé le monde. Mais il manque encore quelque chose à leur orgueil : une dernière victoire. La joie de croquer l'autre.

— Vous ne conseilleriez donc pas à notre patiente de s'éloigner, de chercher une autre retraite ?

— Sûrement pas. Elle regretterait bien trop d'avoir abandonné le combat. Je ne dis pas qu'elle ne songera pas à battre en retraite, si elle sent qu'elle va perdre. Mais ça m'étonnerait.

Julie ne put s'empêcher d'observer :

— C'est horrible, docteur.

Lambertin haussa les épaules, puis saisit doucement la main gantée de Julie.

— Et ça ? dit-il. N'est-ce pas pire que tout ? C'est la vie qui ne cesse d'inventer les tortures que nous essayons d'empêcher.

— Alors, vous allez soigner ma sœur, pour qu'elle puisse continuer...

Elle se tut, soudain, la honte faisant trembler sa voix.

— Mettez-vous à ma place, dit Lambertin.

Et Julie pensa, comme en un trait de feu : « J'y suis. »

— Bon, conclut le Dr Prieur, avec sa bienveillance habituelle, nous allons faire en sorte qu'elle dorme mieux, qu'elle mange plus raisonnablement et qu'elle ne se dépense pas trop. Et puis...

Il retint son confrère par un bras et Julie par l'autre et ils se rapprochèrent comme des conspirateurs.

— Il m'est venu une autre idée, chuchota-t-il. On a décidé d'obtenir la Légion d'honneur pour Mme Bernstein. Je vais tâcher de faire avancer la date de la cérémonie. Son nom va certainement figurer dans la promotion du 14 juillet, mais on voulait la décorer le jour de son anniversaire, à la Toussaint. Si l'on pouvait anticiper un peu !

— Excellent, dit Lambertin.

— Ce ne sera pas facile parce que nous sommes en pleine période de vacances, continua Prieur. Si tout le monde n'est pas là, ce sera un peu raté. Mais enfin ça peut attendre quelques semaines, mettons deux mois.

Et Julie, très vite, fit son compte... Deux mois... Elle aussi pourrait bien tenir deux mois... Mais il devenait urgent de précipiter les choses. Ils traversaient le jardin et les tourniquets de Maurice leur jetèrent quelques gouttes irisées.

— Tenez-moi au courant, dit poliment le Dr Lambertin, qui aurait sûrement oublié le cas de Gloria avant de monter dans la vedette.

Après tout, cette vieille bonne femme avait tout pour être heureuse, et il y avait, de par le monde, des boat people et des enfants au ventre ballonné par la faim.

Julie rejoignit sa sœur.

— Un homme charmant, dit Gloria. Il prend le

temps de vous écouter. Mais je crois qu'il se trompe quand il pense que je suis neurasthénique.

— Mais non, fit Julie. D'abord, personne ne parle plus de neurasthénie. Il te trouve un peu nerveuse, agitée, mais tout ça va rentrer dans l'ordre à mesure que tu t'habitueras au voisinage que tu sais. Il a pris connaissance de l'invitation et il estime que tu dois y aller, simplement par dignité, pour prouver que tu es au-dessus des commentaires. Tu comprends, il ne suffit pas d'avoir cent ans pour être centenaire. C'est une sorte d'honneur qui est rendu par la nature quand on voit une vieille dame comme toi, si jeune de caractère, si pleine d'allant et si bien conservée à tout point de vue. Je te répète ce qu'il a dit en nous quittant. Gina n'est pas mal non plus, remarque, mais... Elle aura beau faire, elle gardera toujours une espèce de vulgarité de cocotte ; comme disait papa, tu te rappelles ? Il aurait dit aussi qu'elle est décatie, qu'elle fait un peu *Moulin-Rouge*.

Gloria reprenait des couleurs et souriait à ses souvenirs.

— Je mettrai mon ensemble de flanelle blanche, murmura-t-elle, rêveusement.

Et soudain, cédant à une poussée de panique, elle enfouit son visage dans ses mains.

— Non, Julie, je n'aurai pas la force. Ici, j'ai toutes mes affaires autour de moi, je suis en sûreté ; tandis que là-bas...

— Mais Kate y sera, et Simone... et moi aussi... Il ne t'arrivera rien.

— Tu crois ?

— Tu lui offriras une petite chose quelconque : un bijou que tu as assez vu mais qui fera de l'effet... N'oublie pas. Dans le genre un peu clinquant. Elle est sûrement restée très napolitaine là-dessus... Et puis nous te ramènerons en vitesse.

— Oui, consentit Gloria. Le moins longtemps possible. Juste pour marquer le coup.

Le lendemain, Gloria fouilla dans ses réserves. Outre ses bijoux d'apparat, elle possédait une foule de clips, de bagues, de boucles d'oreilles et d'ornements variés qu'elle n'avait cessé d'acheter, pendant ses voyages, par pur désœuvrement. Julie l'aidait. Elles s'étaient assises, non sans geindre, sur la moquette, les pierres entre elles comme des cailloux, et elles s'amusaient autant que des gamines.

— Tu la vois, avec ces pendentifs aux oreilles, s'écriait Gloria. Elle aurait tout de la tireuse de cartes.

Julie pouffait, choisissait dans le tas une énorme bague violette.

— Et ça ? Pour jouer la mère supérieure.

Gloria éclatait de rire. Ou bien ses yeux se voilaient de mélancolie, tandis qu'elle pêchait un camaïeu d'un bleu changeant.

— Séville, murmurait-elle. Il s'appelait José Ribeira. Il était très beau.

Mais elle essayait, tout de suite, de retrouver sa gaieté.

— Il lui faudrait quelque chose de rouge, cherche dans les bagues. Tiens, ce petit rubis.

— Il vaut trop cher, protestait Julie.

— Tant pis. C'est elle qui a voulu m'inviter. J'ai bien le droit de l'écraser un peu, la Montano.

Quand Julie, fatiguée, partit déjeuner, Gloria avait oublié ses alarmes et il lui restait encore un long après-midi pour se choisir la toilette qui achèverait d'aplatir Gina. Julie se fit remplacer par Clarisse. Le problème imprudemment soulevé par le naïf Dr Prieur la tourmentait beaucoup. Elle s'en ouvrit à Mme Genson-Blèche. Bien sûr, on pouvait retarder jusqu'à la Toussaint la remise de la décoration, mais les journaux allaient publier la liste des nouveaux promus et il se trouverait forcément quelqu'un pour prévenir Gloria. À moins qu'on ne fît courir une consigne de silence. Après tout, les habitants de *La Thébaïde* ne vivaient pas les yeux fixés sur Gloria. Elle n'était qu'une distraction parmi d'autres ; les gens sont tellement futiles ! Et du moment que la fête serait remise à plus tard, les bavardages aussi seraient reportés. Entendu, donc. Pas un mot.

Gloria s'était mise à compter les heures. Tout était prêt. Vêtements, parures, cadeau... Julie la surveillait. L'excitation avait rajeuni sa sœur. Des deux, c'était elle qui était en train de flancher. Elle dut se doper pour trouver la force de se rendre aux *Soleils*, où elle préféra arriver avec un peu de retard, de sorte qu'elle manqua exprès l'arrivée presque solennelle de Gloria. Elle savait qu'elle n'aurait peut-être pas pu masquer son dégoût et son aversion devant le brouhaha d'admiration qui allait saluer la visiteuse sur laquelle, jusqu'au dernier moment, Gina, sans doute, n'avait pas trop compté, s'attendant à quelque dérobade. Il y avait foule dans la maison, foule au salon où l'on poussait des exclamations autour de l'aquarium que Gloria, au passage, déclarait un peu petit, mais sur un ton distrait qui ne se voulait pas offensant, foule enfin dans l'office entièrement tapissé d'affiches et de photos dédicacées d'acteurs et d'actrices célèbres.

— Vous avez connu Errol Flynn ?

— Oh ! très bien ! Un garçon délicieux, sauf quand il avait bu.

— Et les Marx Brothers ?

— Bien sûr. Dans le privé, ils n'étaient pas drôles.

Les groupes défilaient lentement, comme dans un musée, tandis que des extra commis au somptueux buffet offraient des coupes et des glaces. Gloria donnait le bras à Gina et se sentait humiliée jusqu'à l'âme. Que pesaient ses amitiés et ses relations d'autrefois en comparaison de tant d'illustres connaissances ! Le London Symphony Orchestra, les Concerts Colonne, le grand Gabriel Pierné, Furtwängler lui-même, autant d'inconnus pour ces idiotes qui se pâmaient devant le masque sinistre de von Stroheim ou le visage soucieux de Gary Cooper ! Cependant, avec un sang-froid épuisant, elle opinait devant chaque image de légende.

— Très intéressant. Vraiment, très original.

Et la Montano, plus attentive qu'un joueur de poker, sentait sous sa main battre le sang de sa rivale, guettant en vain la brusque poussée d'émotion qui lui révélerait qu'elle avait gagné la partie. Mais elle fut appelée par un des serveurs.

— Vous m'excusez, chère Gloria.

Elle la confia à M. Holtz et Gloria en profita pour murmurer, mais de façon à être entendue.

— Cela me fait penser à ces bistrots où l'on voit, coincées dans la rainure des miroirs, des photos de boxeurs signées Tony ou Popaul.

Elle accepta un verre de champagne, ses yeux bleus plus aiguisés qu'au temps de ses triomphes, et se laissa ramener au salon où elle se prépara à prendre congé. Mais auparavant elle offrit à Gina un petit écrin dont la vue fit pâlir l'actrice. Un bijou ! Gloria se prenait donc pour une reine récompensant un de ses sujets. Elle simula une confusion de bon aloi.

— Mais non, chère Gloria. Il ne fallait pas.

Elle ouvrit l'écrin qui contenait un petit rubis au bout d'une fine chaînette d'or. Stupéfaite, au milieu d'un silence si profond qu'on entendait les jets d'eau dans les plus proches jardins, elle éleva devant tous les yeux la pierre écarlate et tout fut oublié, les affiches, l'aquarium, le riche ameublement, la tapageuse ambiance de luxe. Tout le monde applaudit comme au théâtre, même des invitées que Gloria n'avait jamais vues chez elle et qui devaient constituer la cour habituelle de la Montano. Gloria souriait, toute sa séduction retrouvée, et Julie qui l'observait de loin sentit qu'elle piétinait en imagination son adversaire. Cependant Gina tenait bon, sourire contre sourire, le regard noir défiant le regard bleu, la voix bien claire pour remercier. Elles échangèrent affectueusement leur baiser de Judas et, l'assistance faisant la haie, elle accompagna Gloria jusqu'au seuil. Un grand moment dont on allait longtemps parler, à *La Thébaïde*.

— Quelle imprudence ! dit le Dr Prieur. Nous avons eu grand tort d'écouter mon confrère. Jamais Mme Bernstein n'aurait dû se rendre chez Mme Montano. Aidez-moi à la remonter.

Julie joignit ses efforts à ceux du médecin et ils redressèrent la malade, calèrent son dos avec des oreillers. Gloria respirait difficilement mais s'obstinait à secouer la tête pour signifier que ce n'était rien et qu'elle allait déjà mieux.

— À vos âges, continuait le Dr Prieur, on ne peut plus dire qu'on se porte bien. On dure, et c'est tout. Comme une chandelle qui brûle bien droit à condition qu'on ne fasse pas de courants d'air. Mais vous ne voulez pas m'écouter. Si son cœur lâche, maintenant, vous serez bien avancées, toutes les deux. Je vous le répète : pas d'émotion. C'est comme vous, Mme Maïeul. Vous n'êtes pas brillante, vous savez. Tout à l'heure, je vous examinerai.

Il commençait à promener son stéthoscope sur la gorge de Gloria. Respirez... Ne respirez plus...

Ses tuyaux aux oreilles, sans relever la tête, il fronçait les sourcils et grommelait.

— Mais qu'est-ce qui s'est passé ? Elle ne s'est tout de même pas battue ?

« Si, justement, pensait Julie. Elle s'est battue. »

— Un coup à se coller un infarctus. Ah ! ce n'est pas beau, ce que j'entends !

Il s'assit au bord du lit et prit le pouls de Gloria, sans cesser de parler.

— Vous êtes rentrée toutes les deux, bon. À ce moment, elle vous paraissait dans son état normal ?

— Oui, tout à fait.

— Et puis sa première crise d'étouffement l'a prise ici, quand elle se déshabillait... la bouche grande ouverte, les mains à la poitrine, les yeux exorbités... La classique attaque d'angine, la toute première.

— Oui. C'est pourquoi j'ai eu très peur.

— Dès qu'elle pourra bouger, nous lui ferons un électrocardiogramme. Le pouls est encore un peu rapide, mais il n'y a plus de danger. Allez, chère Madame Bernstein, ce n'est pas encore pour cette fois. Du repos, plus de mondanités, et surtout plus d'émotions. Il ne faut pas plaisanter. Non, taisez-vous. Du calme.

Il se releva, replia son stéthoscope et s'adressant à Julie :

— Venez à côté, dit-il. Nous avons à parler.

Il la précéda dans l'auditorium et la fit asseoir près de lui.

— Voyons, madame, vous aussi vous êtes malade. Il ne m'appartient pas...

Elle l'interrompit tout de suite :

— Non. N'insistez pas. Je suis perdue. Je le sais depuis plusieurs semaines. C'est le Dr Moyne qui me soigne. Il voulait m'opérer. C'est moi qui ai refusé. Vous comprenez pourquoi.

— Ma pauvre amie, murmura le médecin après un silence qui dura longtemps. Je soupçonnais la vérité, vous le pensez bien. Je suis navré.

— Tout ce que je souhaite, fit Julie, c'est de ne pas inquiéter ma sœur. Vous la connaissez. Elle n'a même pas remarqué que je maigris. Depuis le temps que je vis dans son ombre, c'est comme si j'étais devenue invisible pour elle. Quand je disparaîtrai, elle n'en reviendra pas. Elle considérera ma mort comme une cachotterie.

— Oh ! madame, comme vous êtes amère !

— Non. Pas du tout. Je sais les choses, voilà. Je sais, par exemple, que Gloria ne cédera pas devant Gina Montano. Je sais qu'en ce moment elle est folle de rage contre son cœur qui la trahit. Ce que vous oubliez, docteur, c'est que la Montano, Gloria et moi-même, nous sommes avant tout des bêtes de scène, et *La Thébaïde*, à sa façon, est un théâtre. Nous nous devons à notre public. Même moi, tout estropiée que je suis. Et alors, je vais vous le dire, notre santé, pour parler comme Gloria, on s'en fout, pourvu que l'empoignade soit belle.

Elle rit, avec une mélancolie désespérée.

— Empoignade, le mot est joli, n'est-ce pas,

quand je me l'applique. Et pourtant, il est juste. Il y a tant de façons de se colleter.

Elle appuya amicalement sa main gantée sur le genou du Dr Prieur.

— Ne faites pas attention, dit-elle. Ces méchancetés sont mon urticaire. Mais ça ne dure pas longtemps. Et je serais désolée de vous faire de la peine. Bien sûr, que Gloria se soignera. J'y veillerai. Et moi aussi, j'observerai mon traitement. Mais pour ce qui est des émotions, *que sera sera,* comme dit la chanson.

Le bruit courut, le soir même, que Gloria était souffrante. Par quel mystère les secrets suintaient-ils à travers les murs ? Par l'intermédiaire de Clarisse, Julie à son tour fit courir des contre-bruits. Il s'agissait seulement d'un léger embarras gastrique. Peut-être Gloria avait-elle bu trop de champagne, chez Gina. Mais ce petit malaise était vraiment sans gravité. Cependant, il était provisoirement recommandé de ne pas lui téléphoner. Dans quatre ou cinq jours, la consigne serait levée.

Dans cinq jours, ce serait le 14 juillet, et Julie avait hâte de voir comment sa sœur allait réagir si elle apprenait sa nomination dans la Légion d'honneur. Forcément, elle allait l'apprendre. La presse publierait la liste des promus. Mais non, ce n'était pas forcé. Les habitants de *La Thébaïde* ne lisaient guère que les journaux locaux et la nouvelle n'y tiendrait sans doute qu'une toute petite place. À moins que...

Julie avait beau s'en défendre, elle ne dormait

plus, malgré les somnifères et les tranquillisants qui la faisaient bégayer. Elle en était réduite, devant sa sœur, à chercher ses mots. Le docteur avait dit : « Surtout, plus d'émotion ! » Mais la joie qu'éprouverait Gloria si quelque voisine bien intentionnée lui envoyait un petit mot : *Compliments, vous êtes décorée. Il y a un article qui parle de vous*, ce serait une grande émotion. Le médecin n'avait pas précisé si une joie brutale risquait de provoquer un blocage du cœur au même titre qu'une grande déception, par exemple, ou même une simple humiliation. Et, à mesure que passaient les heures, Julie se prenait à espérer qu'une indiscrétion serait commise qui mettrait fin à ce duel épuisant qu'elle avait provoqué et dont elle se sentait la prochaine victime. Elle avait mal partout. Elle ne mangeait presque plus et elle commençait à flotter dans ses vêtements. Les remèdes indiqués par le chirurgien avaient des difficultés à tenir en échec une douleur sourde qui avait tendance à s'affirmer. Mais, de toute sa volonté, elle se jurait de ne pas abandonner la partie la première. Le Dr Prieur, qui la rencontrait chez Gloria, hochait la tête avec pitié. Il lui murmura un jour sur le seuil de l'auditorium : « Vous vous tuez ! », à quoi elle répondit d'une phrase qu'il ne comprit pas : « Ce n'est pas moi qui ai commencé. »

Ce fut bientôt le 14 juillet. Jour de fête. Pas de journaux. *La Thébaïde* était cernée par le fracas des réjouissances et chacun se félicitait d'habiter une retraite si bien défendue. Julie rencontra

181

M. Holtz qui l'invita à prendre le café.
« Mme Montano sera heureuse de votre visite.
Elle a l'impression que vous la boudez. » Jamais
Gina ne s'était montrée plus aimable.

— J'ai pris plusieurs fois des nouvelles de Gloria, dit-elle, mais il y a chez vous une sorte de
cerbère...

— Ah ! Clarisse. Elle a des ordres.

— C'est ennuyeux. On imagine le pire, tout de
suite. J'espère que ce n'est pas sa visite ici qui...

— Non. Elle en a été ravie, au contraire.

Et ce fut si rapide, si involontaire, que Julie en
demeura stupéfaite.

— Ma sœur, dit-elle, attend une grande nouvelle. À cette heure précise, elle a peut-être été
décorée.

Elle avait lâché le mot sans en avoir calculé
l'effet. Ou peut-être y avait-il, en quelque région
inaccessible de son esprit, quelque chose qui était
tapi et qui calculait pour elle.

— Pas possible ! s'écria Gina, dont les yeux
noircirent encore. On lui a donné les palmes ?

— Non. La Légion d'honneur... à cause de son
âge... et puis aussi de ses mérites.

— Comme c'est curieux ! Et moi, est-ce que je
pourrais l'avoir ?

— Pourquoi pas ?

— Je vais la féliciter tout de suite.

Gina tendit la main vers le téléphone.

— Non, dit Julie, attendez. Rien n'est encore
officiel. Et puis, je vous en prie, l'information ne

vient pas de moi. Vous êtes des amis, je me laisse aller, bon... Mais laissez faire la rumeur publique.

Une heure plus tard, ce fut comme une fermentation de curiosité à travers la résidence. Julie causait avec Gloria. De temps en temps, elles évoquaient, tour à tour, leurs plus grands succès. Gloria, dans sa chaise longue, se polissait les ongles. Elle était calme et la sonnerie du téléphone la fit sursauter. Elle saisit son petit appareil portatif.

« Ça y est, pensa Julie. C'est maintenant. »

Elle se leva. Gloria la retint par le bras.

— Non. Reste. Encore une raseuse... Allô... Ah ! c'est vous Kate. Vous avez l'air tout excitée... Quoi ?... Attendez une seconde.

Elle serra le téléphone sur sa poitrine et chercha sa respiration.

— Julie, tu sais ce qu'elle me dit ?... Que je l'ai... C'est fait. C'est officiel.

— Je t'en prie, Gloria, ne te mets pas dans un état pareil. Donne. Je vais lui répondre.

Mais Gloria ne l'écoutait pas. Elle avait le regard fixe et les mains tremblantes.

— Allô... Excusez-moi... L'émotion, vous comprenez. Qui vous a prévenue ? Pamela ? Elle prétend que c'est dans *Le Figaro*. Moi, je veux bien. Mais a-t-elle lu l'article ?... Non ?... Alors qu'est-ce qui me prouve que... Ah ! c'est le mari de Simone ? Alors, c'est sûr... Mon Dieu, j'ai cru un instant que c'était un mauvais tour de cette chipie... Merci.

Sa voix s'embarrassait.

— Merci. C'est ridicule d'être émue comme ça... Allô, je ne vous entends plus. Je ne sais pas si ça vient de l'appareil ou si ce sont mes oreilles qui bourdonnent. Quoi ? Ah ! vous croyez que c'est la doyenne en moi qu'on veut honorer ?... La doyenne et la meilleure, oui, j'avais compris... Merci, ma chère Kate. C'est vrai, je suis terriblement secouée. Je vois ma sœur qui prépare mes gouttes. Je vous embrasse.

Elle reposa le téléphone et appuya lourdement sa tête sur l'oreiller.

— Bois ça, dit Julie. Tu te rappelles les recommandations du docteur ?

Gloria vida son verre et le remit à Julie.

— Tu ne t'es pas regardée, dit-elle. Tu es décomposée. C'est vrai qu'une nouvelle comme celle-là a de quoi vous démolir. Et pourtant, tu vois, ce n'est pas cette médaille qui compte. C'est de l'avoir eue. Je la porterai sur mon ensemble bleu. Le rouge sur le bleu, hein ?

Soudain Gloria battit des mains et se mit debout sans aide, avec une vigueur inattendue. Elle s'approcha du berceau. Avec une tendresse d'accouchée, elle prit doucement le stradivarius, le porta à son épaule, saisit l'archet, fit une sorte de salut de l'épée... « À la Montano. » Elle attaqua l'*Hymne au soleil*, de Rimski-Korsakov. Il y avait des mois, des années peut-être qu'elle n'avait pas touché à son violon. Elle se contentait, chaque jour, de l'accorder, en lui parlant tout bas. Et maintenant, elle jouait faux. Ses doigts lui obéissaient mal. Mais elle entendait sa musique d'autrefois et son visage entrait dans l'extase.

Julie se glissa dehors et, courbée en deux, regagna sa chambre. Elle n'en pouvait plus. Elle se haïssait et, en même temps, ne comprenait plus. Ce coup de téléphone, elle l'avait entendu. Elle était sûre de son efficacité. Ce qu'elle avait oublié, c'était leur increvable hérédité. Ce cousin Maïeul, mort à quatre-vingt-dix-huit ans. Cette arrière-grand-mère, décédée à cent un ans et d'autres encore, dans la famille, dont on disait autrefois : « Il faudra les tuer. » Loin d'abattre Gloria, l'heureuse surprise l'avait dopée. Il n'y aurait pas eu Gina, les choses se seraient peut-être passées autrement. Maintenant... Elle faillit se dire : « Tout est à recommencer. » Mais elle savait retenir à temps les formules gênantes, les faire passer dans une sorte de réserve où elles se purifiaient en intentions avouables. Si Gloria était tellement heureuse d'être décorée, tant mieux. Ça faisait mal. D'accord. On pouvait appeler cela de la jalousie, de l'envie, de la rancune. Et pourtant ce n'était que le sentiment sans cesse renaissant d'un énorme gâchis, d'une injure qui se transformait peu à peu en un défi ricaneur. Elle se sentait interpellée : « Pauvre idiote », « Pauvre minable ». C'était sa manière à elle d'entendre des voix. À qui faire comprendre qu'elle n'en voulait à personne, mais qu'elle avait le droit de se défendre.

Les Camel, ce matin-là, avaient un goût de pharmacie. Clarisse vint prendre les ordres pour le déjeuner.

— Un thé et quelques biscottes, dit Julie, je n'ai pas faim. Et Gloria ?

— Je crois qu'elle a un peu perdu la tête. Elle téléphone partout, et quand ce n'est pas elle qui appelle, ce sont ses amies qui sonnent. Dans l'état où elle est, elle ne devrait pas.

— Tu la trouves plus fatiguée ?

— Oui, ça, c'est sûr. Ses mains tremblent. Sa voix tremble. Elle est comme électrisée.

— Et du côté de Gina ?

— Je ne sais pas, mais ça n'a pas l'air de bouger. M. Holtz arrose son jardin et Mme Montano lit des magazines, sous la pergola.

— C'est bon. Tu peux me laisser. Je n'ai besoin de rien.

L'événement continua à entretenir une sorte d'agitation dans la résidence. Gloria aurait désiré qu'on la décorât tout de suite et il fallut lui expliquer patiemment qu'une petite fête était déjà prévue pour le jour de son anniversaire. Le sous-préfet avait accepté de venir épingler en personne la médaille sur la poitrine de la centenaire, et l'on ne pouvait pas avancer la date de la cérémonie. Le cas de Gina Montano fut évoqué au comité. Si on décorait l'une, pourquoi pas l'autre ? « Mme Montano, fit observer Mme Genson, est une nouvelle venue qui n'a pas encore eu le temps de s'intégrer vraiment à *La Thébaïde*. Et puis elle est un peu plus jeune que Mme Bernstein. Qui donc a dit devant moi qu'elle était Sagittaire ? On pourra l'interroger, si vous ne craignez pas de l'offenser, car ces artistes sont extrêmement chatouilleuses sur ces questions d'âge, et puis, si elle souhaite qu'on la décore, c'est pour ses qualités d'actrice d'abord. Mais notez que l'an prochain nous pourrons y penser. »

Gloria était fidèlement tenue au courant, par ses visiteuses, de toutes ces discussions qui la passionnaient. Sa tension en souffrait beaucoup, mais elle continuait à vivre sur la lancée de sa joie.

— Je n'ai pas connu cela depuis ma première communion, disait-elle. Tu verras quand ce sera ton tour.

Julie serrait les dents et se taisait, mais, errant dans le parc quand tout le monde était couché, sûre d'être seule et de ne voir autour d'elle ni son reflet ni son ombre, elle imaginait des plans. Le résultat principal était acquis. Gina était la petite dose d'arsenic qui, jour après jour, empoisonnait Gloria. Ça, Julie se le disait ouvertement, quand elle en avait assez de se voiler la face. Son problème n'en demeurait pas moins ardu. Comment provoquer le spasme ultime ? Dans moins d'une semaine, juillet finirait... Il y avait bien une manœuvre, et même deux, mais la seconde prendrait du temps. Et la première restait bien aléatoire. Cependant, elle se rendit encore chez le chirurgien, pour un nouvel examen. Il l'interrogea longuement, se fit montrer l'endroit où par instants la douleur semblait se loger sous la peau, comme s'il suffisait d'inciser. Il se reporta aux radios, repalpa ce maigre corps de fillette.

— Quand souffrez-vous ? Après les repas ?

Quand vous êtes couchée ? Quand vous avez marché un moment ?

Elle n'osait pas répondre : « Quand je suis près de ma sœur », et d'ailleurs elle se rendait bien compte que le médecin la questionnait uniquement pour lui donner du courage, le temps de l'espoir étant bien terminé.

— La dernière fois, vous étiez plutôt mieux, dit-il.

— Docteur, murmura-t-elle, je voudrais tenir jusqu'à la Toussaint.

— Quelle drôle d'idée ! Bien sûr que vous tiendrez jusqu'à la Toussaint. Et même au-delà.

— Mais comment saurai-je que c'est la fin ?

— Allons, allons, ne soyez pas morbide.

— Vous ne voulez pas me répondre.

— Eh bien, ça commencera sans doute par une vive douleur dans le dos. Vous devrez m'appeler tout de suite. Le reste me regarde. D'ici là, n'abusez pas de ces petites traversées en bateau. Elles vous fatiguent inutilement.

Julie, avant de rentrer à *La Thébaïde*, donna quelques coups de téléphone, puis somnola dans la vedette, rassérénée comme quelqu'un qui a accompli une démarche difficile.

Le lendemain, Gloria lui téléphona, très agitée.

— Tu sais ce qui se passe ?... Mme Genson vient de me prévenir. Il y a une équipe de FR 3 Marseille qui vient d'arriver au bureau. Elle croyait que c'était sur ma demande qu'ils étaient là et elle n'était pas contente. Je l'ai renvoyée à la Montano. C'est sûrement cette intrigante qui a fait des pieds et des mains pour avoir une interview.

— Je ne suis pas au courant, dit Julie.

— Tu ne veux pas venir ? reprit Gloria. Je suis bouleversée.

— Le temps de m'habiller et j'arrive.

Mais Julie ne se pressa pas. Il fallait laisser mûrir l'imbroglio. Cinq minutes plus tard, nouvel appel de Gloria.

— Ce culot ! La garce jure que ce n'est pas elle et Mme Genson est furieuse. Il paraît qu'ils sont cinq, avec tout un matériel, et le journaliste qui coiffe l'opération prétend qu'on les a envoyés pour filmer la centenaire. Quand il a appris qu'il y en avait deux, il s'est mis à rigoler comme un imbécile. Mme Genson a failli le mettre à la porte. Elle avait oublié qu'on est dans une île. Enfin, je sens que ça va tourner au scandale. J'avais bien besoin de ça.

Elle se mit à sangloter puis retrouva soudain sa voix de commandement pour crier :

— Tu viens, oui.

Julie rencontra, dans le vestibule, la présidente qui venait chercher des explications.

— Vous êtes au courant, dit Mme Genson. Est-ce Gloria qui a téléphoné à FR 3 ?

— Moi, je ne sais rien, fit Julie.

— Quelqu'un a signalé à FR 3 qu'il y avait ici une vieille dame dont on allait célébrer le centenaire. Et comme ce sont les vacances et que c'est un bon sujet de reportage pour une période un peu creuse, à FR 3 ils ont tout de suite envoyé

189

une équipe, surtout qu'on leur a bien précisé qu'il s'agit d'une ancienne artiste.

— Mais, objecta Julie, on a bien dû lui dire son nom.

— Eh oui, mais il paraît que la ligne n'était pas très bonne. Bref, ils ont cru qu'ils en savaient assez.

Elles entrèrent d'autorité chez Gloria qui était prostrée sur sa chaise longue. Cette fois, le coup avait porté, et Mme Genson échangea un regard navré avec Julie.

— Mais, ma chère amie, s'écria-t-elle, tout cela va s'arranger. Je vous avoue que, sur le moment, j'ai mal apprécié la plaisanterie, car c'est une mauvaise plaisanterie, vous l'avez déjà compris.

Gloria secoua la tête, furieusement, et chuchota d'une voix qui se brisait :

— C'est elle qui a monté le coup, pour qu'on croie que c'est moi qui cherche à me pousser. Comme si j'en avais besoin. Mais qu'est-ce qu'elle croit...

Ne pouvant achever, elle agita la main pour signifier que le plus important restait à dire. Mme Genson et Julia l'aidèrent à se redresser.

— C'est effrayant, murmura la présidente à l'oreille de Julie. Elle a fondu.

Gloria toussa et reprit son souffle.

— Je ne les recevrai pas, dit-elle. Qu'ils se débrouillent avec la Montano.

— Mais justement, dit Mme Genson, Gina Montano refuse, elle aussi, de leur parler. Ou bien ils vous intervieweront toutes les deux ou bien elle s'enferme chez elle. Ils sont là, devant mon bureau, assis sur les marches. Vous pensez comme ça fait bien.

Gloria ne cessait d'agiter la tête, en une dénégation obstinée. Elle ne prenait même plus la peine de répondre. C'était non et encore non.

— Mais pourquoi ? s'emporta Mme Genson.

— Parce qu'elle ment, parce qu'elle veut profiter de ma fatigue, parce que...

— Écoutez, ma chère amie. Je connais Gina. Elle s'arrangera pour laisser forcer sa porte. Elle finira par jouer leur jeu. Elle acceptera d'être photographiée à satiété, et elle prétendra qu'elle est la seule vraie centenaire. Voilà ce que vous aurez gagné.

Gloria ferma les yeux pour réfléchir. Mme Genson reprit tout bas, pour Julie :

— Je crois qu'elle va céder.

Gloria remua les lèvres et les deux femmes se penchèrent sur elle.

— C'est moi, la vraie centenaire, articula Gloria d'une voix à peine perceptible.

La présidente soupira, épuisée.

— Elle est butée, dit Julie. Il vaut mieux la laisser tranquille.

— Mais qu'est-ce que je vais raconter à ces journalistes ? s'emporta Mme Genson.

— La vérité. Il y a ici deux vieilles dames dont l'une est souffrante. Qu'ils se débrouillent avec l'autre.

— Alors, accompagnez-moi, Julie. Je vous le

demande comme un service. Vous saurez leur expliquer mieux que moi.

Ils étaient là tous les cinq, campant au milieu de leur matériel et mangeant des sandwiches. Ils se levèrent comme un seul homme et l'un d'eux, vêtu d'un blouson et coiffé d'une casquette à pompon, s'avança, le sourire aux lèvres.

— C'est donc vous, madame, qui...

Julie l'interrompit.

— Non, monsieur. Je suis sa sœur... D'accord, c'est assez compliqué, mais vous allez comprendre.

Et elle raconta... et à mesure, il prenait des notes... Oui, parfaitement, pianiste... On peut voir vos mains ?... Formidable... Julie Maïeul, avec un tréma.

Et Julie se laissait aller. Après soixante ans de silence, c'était son jour de gloire.

— Allons chez vous, proposa le journaliste. On va vous filmer et vous enregistrer. Vous nous répéterez les circonstances de votre accident. Vous accepterez peut-être de retirer vos gants, pour un gros plan. Il est facile d'avoir cent ans, mais une vie comme la vôtre, je vous assure que ça vaut le détour.

Il parlait sans malice comme un gastronome et Julie n'était pas choquée. Quelque chose de très ancien, de très fort, de très doux, un merveilleux sentiment d'exister se levait dans son cœur. La présidente, s'estimant sauvée, approuvait, marchait maintenant auprès de Julie.

— Merci. Au fond, ils désiraient faire une

192

interview. Ils l'ont. Tant pis pour votre sœur et pour Gina. Elles n'auront à s'en prendre qu'à elles. C'est excellent, tout ce que vous avez dit. Comme vous avez dû souffrir !... Et quel scoop, pour FR 3. Et aussi pour *La Thébaïde*.

Julie parla longtemps, dans son living, au milieu de la fumée des cigarettes. Ce fleuve de mots qui jaillissait d'elle, c'était un trop-plein de choses refoulées qui la laissaient peu à peu exsangue et vengée. Elle ne sut jamais que, pendant ce temps, Gloria et Gina, hors d'elles, s'insultaient au téléphone, se traitaient d'intrigantes et de catins vendues à la pub.

Gloria lâcha l'appareil quand la Montano se mit à l'injurier en napolitain. Clarisse la trouva évanouie tandis que Julie, délivrée de ses cinq tourmenteurs, sentait pour la première fois qu'une douleur inconnue lui labourait les reins.

L'article parut dans la presse locale ; ainsi qu'une photographie de Julie, sous un titre qui fit quelque bruit. La pianiste aux mains mortes. Des barques chargées de touristes longeaient les rivages de l'île. On photographiait, on filmait d'abondance. La vedette était accompagnée par des planches à voile ou bien des skieurs coupaient son sillage et des bras se levaient pour saluer Marcel, qui faisait vainement signe aux imprudents d'aller plus loin. Les habitants de *La Thébaïde* étaient furieux.

— Nous avons acheté ici pour avoir la paix, disaient-ils.

À quoi la présidente répondait :

— Nos vieilles dames sont chez elles. Si quelqu'un d'ici n'avait pas eu l'idée fâcheuse d'alerter la télévision, rien de tout cela n'aurait lieu.

À quoi l'on répliquait aigrement :

— Faites quelque chose. Prévenez-les qu'on ne veut plus de ces manifestations intolérables. Après tout, il y a d'autres maisons de retraite.

— Vous oubliez qu'elles sont malades.

— Quoi ? On a encore vu Mme Montano dans son jardin, hier soir.

— Pas elle, mais Mme Bernstein et sa sœur.

— C'est grave ?

— À leur âge, tout est grave.

Le Dr Prieur, pour sa part, se refusait à toute déclaration. Il avait beau examiner Gloria de toutes les façons, il constatait qu'elle s'affaiblissait sans présenter aucun symptôme caractéristique. Elle mangeait à peine. Elle dormait très peu. Elle n'éprouvait aucune douleur. Où était la vibrante centenaire qui racontait ses souvenirs avec la vivacité et l'enjouement d'une jeune femme ? Ses yeux semblaient voilés. Ses mains s'étaient décharnées.

— C'est la rancune qui la soutient, disait le docteur. Surtout qu'on ne parle pas devant elle de Mme Montano, c'est évident. Mais pas de sa sœur non plus. Elle s'est mis dans la tête que c'était Julie la coupable, qu'elle avait voulu lui voler la première place. Alors elle lui a fermé sa porte. Et pourtant, la pauvre Julie...

Toute seule dans sa chambre, Julie méditait. Elle avait failli demander au Dr Moyne la vérité, et puis la douleur avait disparu. Elle s'était contentée de lui téléphoner. Il était déjà au courant de l'interview et s'était montré très ferme.

— Plus de ça ! Vous voyez le résultat. Aussi peu de visites que possible. Pendant quelques jours, je vous conseille même d'éviter toute conversation avec votre sœur. Et à plus forte raison avec Mme Montano. Je peux vous parler franchement ? Eh bien, je me demande laquelle de vous trois est la plus folle. Vous auriez une dizaine d'années, ça mériterait une paire de gifles. Mais maintenant il y en a une — je ne sais pas laquelle — qui va rester sur le carreau.

— Oh ? quand même, docteur...

— Voyons, ma chère amie, vous êtes la plus raisonnable. Croyez-vous que c'est bien malin d'aller raconter à des journalistes que votre vie a été un long martyre dont votre entourage ne s'est pas soucié, etc. Croyez-moi, dans quelque temps vous allez faire la paix avec votre sœur et ensuite aidez-la à faire la paix avec sa rivale, puisqu'à votre âge il faut bien encore parler de rivalité. C'est de la paix que vous avez besoin, toutes les trois. Vous me le promettez ?

— Oui, docteur.

— Si vous recommencez à souffrir, nous aviserons. Je serai peut-être obligé de vous prendre dans ma clinique... Mais nous n'en sommes pas là.

Il avait terminé sur de bonnes paroles et, depuis, Julie cherchait le moyen de transformer une apparente réconciliation en solution finale. Ce n'était pas facile mais la maladie devait sans doute produire, en quelque lieu secret de sa tête, une effervescence de poisons, car elle finit par trouver une idée qui lui apparut particulièrement ingénieuse. Il n'y avait plus qu'à la laisser mûrir, au fil des heures, en fumant des Camel. Julie n'avait pas le temps de s'ennuyer. Clarisse la tenait au courant de tous les potins et c'est par elle qu'elle eut connaissance de la lettre adressée par la présidente à Mme Gloria Bernstein et à Mme Gina Montano.

— Tu pourrais te la procurer ?

— J'essaierai, dit Clarisse.

Le lendemain, elle apporta la lettre, toute froissée.

— Mme Gloria l'a bouchonnée. Elle n'était pas contente.

Julie lut, non sans gourmandise :

Chère Madame,

Notre communauté s'est émue du passage assez bruyant d'une équipe de FR 3 Marseille, invitée à La Thébaïde *on ne sait par qui. Au terme de notre règlement intérieur nul n'est autorisé à convoquer, sans permission du bureau, des personnes ou des groupes de personnes (journalistes, équipes de télévision, etc.) susceptibles de troubler la tranquillité des copropriétaires. La communauté s'étonne d'avoir à rappeler les alinéas 14 et 15 du cahier des charges à Mmes Bernstein et Montano, dont le passé artistique mérite sans doute des égards particuliers, mais ne confère nullement le droit d'encourager en sous-main des manifestations à caractère publicitaire. La communauté espère qu'à l'avenir ses recommandations seront entendues.*

Veuillez agréer...

— C'est un peu fort, dit Julie. Nous accuser

de... Je n'en reviens pas. Et sur quel ton ! Comment Gloria prend-elle la chose ?

— Justement. C'est d'elle que je voulais vous parler. Cette lettre l'a achevée. Jamais la présidente n'aurait dû lui écrire comme ça.

— Elle a été poussée par toutes ces soi-disant amies de Gloria, fit Julie, d'un air dégoûté. Je me demande s'il y a une différence entre les plus misérables des Indiens et ces riches bonnes femmes. Combats de coqs ou combats de vieilles stars, le spectacle est aussi captivant. Va-t'en savoir si on ne parie pas, chez Kate ou chez Simone. Mais tu m'as dit que cette lettre avait achevé Gloria ? Ça signifie quoi ?

— Qu'elle ne va pas bien du tout. Ça ne me regarde pas, mais vous devriez aller toutes les deux dans une vraie maison de repos. Au bout de quinze jours, trois semaines, le calme serait rétabli.

— Tu lui en as parlé ?

— Non.

— Bon. Laisse-moi faire.

Le moment était venu. Julie appela sa sœur.

— Ouvre-moi, dit-elle. J'ai quelque chose de très important dont je voudrais que nous causions. Je peux ?

— Oui, mais vite.

À peine si Julie reconnut la voix de Gloria. Pourquoi, dès lors, vouloir précipiter les événements ? « Pas à cause d'elle, pensa Julie, mais à cause de moi. »

La chambre n'était éclairée que par une

applique qui contribuait à noyer d'ombre le grand lit où Gloria était couchée. Ce visage si frais, si lisse, si offert au bonheur pendant si longtemps, s'était creusé de rides comme un fruit d'hiver. Les yeux étaient apeurés et méfiants. Julie tendit la main et Gloria eut un mouvement de recul.

— Bon, murmura Julie, comme tu voudras. J'ai pris connaissance de cette espèce de mise en demeure envoyée par Mme Genson. À mon avis, c'est scandaleux.

— Ne reste pas debout, dit Gloria. Tu parais aussi fatiguée que moi. Ce n'est pas toi, évidemment, qui as provoqué cette démarche de FR 3 ?

— Non.

— Tu le jures ?

— Les serments, tu sais... On n'est plus des gosses. Bon. Je le jure.

— Sur le moment, j'ai bien cru que c'était toi. Et raconter tout ce que tu as raconté, comme si tu avais été une espèce de Cendrillon auprès de moi... Ce n'était pas très chic.

Ce genre de propos larmoyant glaçait Julie. Le moindre épanchement lui soulevait le cœur.

— Ne parlons plus de tout ça, trancha-t-elle. Gina...

— Ah ! je t'en prie, s'emporta Gloria. Que je n'entende plus ce nom. Qu'est-ce que tu voulais me dire ?

— Voilà... Supposons que nous disparaissions...

— Tu es folle ou quoi ? l'interrompit Gloria. Pourquoi veux-tu que nous disparaissions ? Ce n'est pas parce que l'incident de la télévision m'a mise hors de moi, que je suis malade.

— Non, bien sûr. Mais écoute-moi tranquillement. Tu vas avoir cent ans et moi je vais sur mes quatre-vingt-dix.

— Oui, et alors ?

— Alors, nous pouvons mourir. Ouvre les yeux, Gloria. Regarde combien la moindre contrariété nous secoue. Et pourtant cette visite de la télé, qu'est-ce que c'est ? Est-ce que ça compte ?

— N'empêche que tu t'es empressée de vider ton sac.

— Mais non. J'ai simplement dit que je n'avais pas toujours eu une vie agréable. Et puis, la question n'est pas là. Si nous venions à disparaître, qu'est-ce que nous laisserions derrière nous ?

— Des disques.

— Quels disques ? Des vieux 78-tours qui n'en peuvent plus. Gina, elle, ce n'est pas pareil. Elle est entrée dans l'histoire des images, et les images résistent mieux au temps.

— Oui, admit Gloria. C'est vrai. Mais tu aperçois un moyen de durer plus qu'elles ?

— Peut-être. Songe aux musées, aux inscriptions dans la pierre.

Gloria sursauta.

— Tu penses à une dalle funéraire ? Quelle horreur.

— Pas une dalle. Pas quelque chose qui ressemble à une tombe. Au contraire. Quelque chose qui se déchiffre en levant la tête.

— Je ne vois pas.

— Une plaque commémorative.

— Ah !

Gloria, saisie, serrait les poings sur sa poitrine.

— Et tu sais, continuait Julie, ça n'a rien de funèbre. Je vois une plaque de marbre, une belle plaque, avec une simple ligne en lettres dorées :

Ici vécut Gloria Bernstein, la célèbre violoniste,
Née à Paris, le 1ᵉʳ novembre 1887

et un blanc, ensuite, qui sera rempli plus tard.

— Est-ce qu'il est indispensable d'indiquer la date de naissance ? demanda Gloria.

— Évidemment. C'est elle qui doit frapper les passants. « Elle était donc centenaire ! » diront-ils. C'est toute *La Thébaïde* qui en sera honorée. Qu'est-ce qui valorise une rue ou une place, dans une ville ? Précisément ces plaques commémoratives. Elles donnent une couleur d'histoire à des endroits qui, sans cela, seraient quelconques, et c'est le cas ici. *La Thébaïde*, c'est bien, c'est confortable, tout ce qu'on voudra, mais c'est trop neuf. Ça a besoin de patine, de lustre, d'éclat.

— Oui, dit Gloria, de plus en plus séduite. Mais il y a la Montano.

— Quoi, la Montano ?... Tu penses bien qu'on ne la préviendra pas. Et quand elle la verra, cette plaque, il sera trop tard. Elle aurait l'air de te copier, si elle s'avisait d'en commander une. Et puis elle n'oserait pas mettre *née à Naples*.

— Et elle mentirait sur la date, ajouta Gloria, emballée. Oui, c'est une très bonne idée.

Mais son visage soudain s'assombrit.

— Et toi ? Pourquoi n'aurais-tu pas ta plaque, toi aussi ?

Julie avait prévu l'objection.

— Une, c'est bien suffisant, dit-elle. Sinon, ça ferait cimetière.

Rassurée, Gloria reprenait lentement des couleurs. Le projet de Julie opérait sur elle comme une transfusion de sang.

— Tu es d'accord ? demanda Julie.

— Oui. Tout à fait. Je pense même qu'il ne faut pas attendre.

Cette soudaine impatience, Julie l'avait prévue aussi. Cependant elle fit mine de réfléchir.

— Je crois que nous aurons intérêt à ne pas prévenir le conseil, observa-t-elle. Ce sera la meilleure riposte. Leur cahier des charges, ils peuvent... Bon, tu me comprends. Ça leur apprendra à nous respecter. Tu es ici chez toi, dans une maison qu'on t'a fait payer assez cher. Tu as bien le droit de disposer de la façade, si tu as envie d'une plaque.

Pour la première fois depuis longtemps, Gloria sourit.

— Je ne te reconnais plus, dit-elle. Tu vas ! Tu vas ! Mais tu as raison. Je ne me donnerai pas la peine de répondre à la présidente. Quand elle verra l'ouvrier à l'œuvre, elle se rendra compte que la communauté est allée un peu trop loin.

— Je téléphonerai à l'entreprise Muraccioli,

reprit Julie. Ce sont des spécialistes du marbre. Ils font des dallages, des revêtements pour les hôtels. Ça les amusera de travailler pour toi. C'est même, sans doute, le patron qui se dérangera en personne. On lui demandera d'apporter des échantillons de marbre.

L'idée d'avoir à choisir des échantillons enfiévrait Gloria de désir.

— J'aimerais quelque chose de sobre, déclarat-elle. Peut-être pas du tout noir... Ni du tout blanc.

— Un marbre sombre avec des taches claires, proposa Julie.

Gloria avança les lèvres en une moue dégoûtée.

— Ça va ressembler à du fromage de tête. Mais dans les verts, je ne dirais pas non.

— Avec des veinules.

— Non. Pas de veinules. Pour qu'on ait l'impression que la plaque se fendille. Tu n'y penses pas.

Au fond d'elle-même, Julie se moquait complètement de l'aspect que pourrait présenter la chose. Seule lui importait la mention : *Née à Paris, le 1ᵉʳ novembre 1887*. C'était ça, l'arme absolue. Pauvre Gloria ! Qu'elle n'écoute donc qu'elle-même, songea Julie, pendant qu'il en est encore temps.

— Après tout, fit-elle, c'est ta plaque. À toi de juger.

Gloria reposa sa tête sur l'oreiller, avec un abandon de bien-être.

— Je commence à la voir, murmura-t-elle.

Mais il y a aussi le problème des dimensions et celui de l'emplacement. Pour l'emplacement...

— Au-dessus de la porte d'entrée, s'écria Julie.

— Non, justement Il ne faut pas que l'endroit soit à l'ombre. Les gens passeraient sans faire attention. J'aimerais mieux entre le rez-de-chaussée et le premier, à l'aplomb de l'auditorium.

— Oui, pas mal, admit Julie.

Gloria écarta les bras, éloigna ses mains l'une de l'autre, les rapprocha, cherchant les proportions les meilleures...

— Comme ça, dit-elle. Donne-moi le mètre pliant... Dans le tiroir de la commode... Et puis mon bloc, que je note les chiffres... Merci. Tu vois, 60 sur 40, hein ? Ce ne serait pas tape-à-l'œil.

— Un peu juste, dit Julie. Il faut que les lettres et les chiffres de l'inscription ressortent bien. *Ici vécut Gloria Bernstein, la célèbre violoniste*, ça prend de la place. Remarque qu'on peut supprimer *la célèbre violoniste*. C'est comme si, à côté d'Albert Einstein, on précisait : le célèbre physicien.

— Ne te moque pas, dit Gloria. Tu es toujours dure, avec moi. Téléphone à l'entreprise Muraccioli. J'ai hâte, maintenant. Fais-le devant moi.

Julie se mit en rapport avec Joseph Muraccioli, qui prit la commande en exprimant sa joie de servir une artiste. Gloria approuvait de la tête. Oui, il viendrait le jour même. Il ne pourrait pas apporter des échantillons à proprement parler, mais il montrerait des planches en couleurs représentant fidèlement les différentes sortes de marbres disponibles. Pour le prix, on s'arrangerait. Il serait même flatté d'offrir...

— Dis-lui que tout doit rester secret, intervint Gloria.

— Naturellement, ne parlez à personne de ce projet, dit Julie.

— Vous avez ma parole, promit Muraccioli.

— Ah ! je suis bien contente ! soupira Gloria. Tu as eu une excellente idée. Viens que je t'embrasse.

Quelques instants plus tard, de son living, Julie appelait M. Holtz.

— Julie Maïeul. Si je vous dérange, cher monsieur, n'hésitez pas à me le dire. Je vous téléphone pour vous demander un conseil.

— Mais certainement. Si je peux.

— C'est au sujet d'une chose qui m'ennuie beaucoup. J'ai longtemps hésité à vous en parler. Je ne sais même pas si j'ai raison. Je me fais peut-être des idées... Bon, voilà... Figurez-vous que ma sœur s'est mis dans la tête de faire placer sur notre maison une plaque commémorative. Vous voyez ? *Ici vécut*, etc., avec la date de sa naissance. L'autre date, la seconde, son notaire s'en occupera le moment venu. Vous m'écoutez ?

— Bien sûr. Et qu'est-ce qui vous inquiète ? Si la mémoire d'une artiste mérite d'être honorée, c'est bien la sienne.

— Oui, sans doute. Mais a-t-elle le droit d'agir ainsi ? Je me place au point de vue du règlement de *La Thébaïde*. Est-ce qu'on peut disposer librement d'un emplacement qui est à la fois privé et public ? Imaginez qu'elle se fasse bientôt délivrer cette plaque et qu'on lui défende de la fixer sur sa maison, au nom de quelque disposition légale que nous ignorons l'une comme l'autre. Quel choc pour elle ! Déjà qu'elle n'est pas très bien. Qu'en pensez-vous ?

— Attendez, dit M. Holtz. Je réfléchis. Vous soulevez là un point qui peut être litigieux, en effet. Mais *a priori* il me semble que Mme Bernstein est parfaitement libre d'agir à sa guise, que diable. *La Thébaïde* n'est pas une caserne. Oui, je sais bien, on m'a fait des difficultés pour mon piano. Mais une plaque sur un mur ne peut gêner personne. Pourquoi n'avez-vous pas demandé son avis à Mme Genson ? C'est elle qu'il faudrait consulter. Non ?... Vous ne croyez pas ?

Julie baissa un peu la voix.

— Monsieur Holtz. Je peux être franche ?

— Je vous en prie.

— Je ne voudrais surtout pas qu'on connaisse le projet de ma sœur. Et avec Mme Genson, je ne suis sûre de rien. On laisse échapper un mot, vous savez ce que c'est, et aussitôt le bruit se met à courir. Si ce projet n'est pas réalisable, il vaut mieux l'étouffer dans l'œuf. Si par malheur on se mettait à en discuter sur la place publique, ma pauvre Gloria serait mortellement humiliée.

— Je vois, je vois, dit M. Holtz. Mais en quoi, finalement, puis-je vous être utile ?

— Eh bien, je pensais... mais arrêtez-moi tout

de suite si vous n'êtes pas d'accord... Je pensais que vous, vous pourriez tâter le terrain sans vous découvrir. Vous êtes neutre, n'est-ce pas. Mme Genson ne vous prêtera aucune arrière-pensée. Peut-être que, dans la conversation, une simple allusion, en passant...

— Facile à dire, dit M. Holtz. Je veux bien essayer, pour vous être agréable, mais c'est sans engagement.

— Merci, cher monsieur. J'avais besoin de me confier à quelqu'un de sûr. Si ça ne marche pas, tant pis. Je consulterai un juriste.

— Mme Bernstein a déjà commandé sa plaque ?

— Eh oui, justement. Quand elle désire quelque chose, elle fonce. Elle a toujours été comme ça.

— C'est bien imprudent... Bon, je m'en occupe. Je vous rappellerai.

Épuisée, Julie se recoucha. Elle abusait de ses forces. Du moins pouvait-elle, malgré sa fatigue, se rendre cette justice qu'elle avait mené jusqu'au bout le combat. Un combat qui avait toujours consisté à allumer des mèches et à les laisser brûler. Maintenant, le cher M. Holtz se grattait la tête. Bien embêté, le pauvre homme. Cette histoire de plaque le mettait déjà au supplice. À cause de Gina, évidemment. Il était l'ami de Gina. Mme Genson, fine mouche, ferait aussitôt le rapprochement. Une inscription, c'est-à-dire une plaque, il fallait appeler les choses par leur nom, c'était forcément pour Gina. À partir de là, le feu allait courir. Alors, attendre. Ne plus penser. Julie avait l'habitude d'un tel exercice. Le silence intérieur, le vide. C'était facile, après tant de malheurs. Le soir même, elle accepta un peu de potage.

— Je n'ai jamais vu Mme Gloria aussi gaie, dit Clarisse. L'entrepreneur lui a proposé des croquis et elle a choisi un beau marbre... Moi, je ne m'y connais pas, mais c'est un beau marbre. La plaque sera prête dans une semaine.

Et le téléphone ne sonnait toujours pas. M. Holtz, cependant, avait eu le temps de se renseigner. Ah ! C'était lui, enfin !

— Allô... Mademoiselle Maïeul ? Excusez-moi si j'ai été long. Mme Genson n'était pas au bureau. J'ai attendu. Elle est très occupée et a inscrit sur son bloc, devant moi : *S'informer pour plaque commémorative.*

— Vous voulez dire qu'elle a noté : *plaque commémorative ?* l'interrompit Julie.

— Oui. Vous pensez bien qu'elle a tout de suite deviné où je voulais en venir. Ça, j'en étais sûr. Je vous avais prévenue. Mais, au fond, c'est préférable. On aura une réponse claire et précise demain.

— Elle n'a fait aucune réflexion ?

— Aucune.

— La petite Dupuis, sa secrétaire, était là ?

— Oui et non. Elle travaillait dans la pièce à côté.

« Et elle s'empressera de lire la note, pensa Julie. Ça y est. Le feu démarre. »

Elle remercia de son mieux M. Holtz et s'accorda un somnifère pour se fuir jusqu'au matin. Elle se réveilla de bonne heure, le flanc grignoté par une petite douleur obstinée. Elle se fit un café très fort et mangea une tartine de miel. Quand elle avait l'estomac occupé à maîtriser de la nourriture, elle souffrait moins. Le téléphone restait muet, ce qui n'était pas encore très surprenant. Il fallait laisser à la présidente et à sa secrétaire le temps d'étudier l'événement. La petite Dupuis révélerait la nouvelle à l'infirmière, sa meilleure amie. L'infirmière commencerait à la répandre à partir de neuf heures quand elle entamerait sa tournée de piqûres, car, à *La Thébaïde*, il y avait toujours quelque rhumatisme ou lumbago à soigner. De ce côté-là, les choses n'iraient pas vite et ne dépasseraient peut-être pas le stade du bouche à oreille. En revanche, Mme Genson, vers onze heures, donnerait sa réponse à M. Holtz et l'on pouvait prévoir qu'elle n'hésiterait pas à lui demander carrément s'il se renseignait pour le compte de Gina. M. Holtz dirait non. Alors, elle s'adresserait à Gloria et Gloria, indignée, téléphonerait sur-le-champ.

— Qui a parlé ? Forcément toi. Qui connaissait le projet ? Toi et moi, et personne d'autre.

À quoi il serait facile d'objecter que la visite du marbrier n'était pas passée inaperçue. Et même qui pouvait affirmer qu'il n'avait pas parlé avec le matelot de la vedette ? Et le soupçon, aussitôt, faisait tache d'huile, et Gloria bondirait à l'épilogue : Gina... Gina alertée, décidant de commander sa propre plaque, et la communauté invitée à deux inaugurations, appelant le conseil à trancher, et le conseil décidant de supprimer toute cérémonie. Et moi, gémirait Gloria, c'est fini. Je n'aurai plus jamais cent ans. Cette fois, le coup serait terrible.

Ce fut M. Holtz qui interrompit sa méditation. Il était dix heures :

— C'est moi, chère amie. Mme Genson vient de m'appeler. Eh bien, elle ne sait pas... et elle ne veut pas savoir. Elle en a plus qu'assez de toutes ces intrigues. Plaque ou pas plaque, elle envoie tout le monde promener. Et si l'une des deux n'est pas contente, qu'elle vende, qu'elle aille voir ailleurs. Je vous rapporte ses propres paroles. Elle a même ajouté : « Je me suis toujours doutée que ça finirait mal. Deux vieilles, dont chacune s'imagine qu'elle est le centre du monde, c'est fatalement la guerre. » J'ai quand même réussi à placer un mot. Je lui ai dit : « Alors, qu'est-ce qu'on fait ? » Elle a répondu : « Rien. » Et elle a raccroché.

— À votre avis, demanda Julie, comment les choses vont-elles tourner ? Est-ce que Gina va renoncer ? Car je suppose qu'elle aussi, à l'heure actuelle, veut sa plaque.

— C'est probable. Elle ne m'a pas fait de confidences. Mais elle n'est pas femme à se laisser marcher sur les pieds. Je suis désolé, ma chère amie. Mais vous m'aviez chargé d'une mission impossible. Si j'apprends du nouveau, je vous préviendrai.

— Oh ! fit Julie, ne vous donnez pas cette peine. Et encore merci.

La matinée s'acheva dans le calme. Clarisse vint préparer le déjeuner, coupa la viande en petits dés que Julie pouvait attraper facilement avec sa fourchette.

— Et Gloria ?

— Elle a écouté de la musique.

— Personne ne lui a téléphoné ?

— Personne.

Ce fut au tour de Julie de se dévorer d'impatience. Mais qu'est-ce qu'elles fabriquaient donc, les bonnes amies, si promptes d'habitude à papoter ? Il y en avait au moins une demi-douzaine, en ce moment, qui savaient la nouvelle. Compte tenu de la longueur de leurs commérages, Julie estimait à une demi-heure la vitesse de propagation d'un ragot, si bien que, d'une minute à l'autre, Gloria allait recevoir le potin en pleine face.

— Alors, c'est vrai que vous allez placer une plaque commémorative sur votre maison ?

Stupeur ! Insupportable sentiment de trahison. Protestation indignée.

— Si ça vous contrarie tellement, nous saurons nous taire, dira l'autre.

Et Gloria plaquera l'appareil, puis le reprendra aussitôt.

— Allô, Julie.

C'est maintenant, pense Julie, qu'elle doit appeler. C'est maintenant que doit se préparer le dernier coup, par la force des choses. Puisque

Mme Genson ne veut pas intervenir, Gina va prendre parti. C'est inévitable. Les deux plaques seront mises en place à peu près en même temps. Ça aussi, c'est inévitable. Toute la communauté défilera devant elles et l'on comparera et c'en sera fini. C'est écrit d'avance. Mon Dieu, il m'aura fallu attendre soixante ans !

Mais la journée s'écoula sans incident. Julie rongeait son frein. Surtout, ne pas intervenir, ne pas même dire à Gloria : « Curieux que personne ne te rende visite ! » Gloria avait reçu au courrier de l'après-midi le dessin définitif de la plaque, et ne cessait plus de l'admirer, comme si l'inscription en lettres d'or eût contenu une promesse d'éternité.

— Quand la Montano verra cela, dit-elle, on pourra lui préparer une civière.

« Elle sait, avait envie de s'écrier Julie. Et la civière, c'est pour toi. Idiote. »

Elle commençait à comprendre que ce bizarre silence était voulu. Il faisait partie d'une conspiration d'amitié. Elle en fut sûre quand, à la fin de la journée, il y eut un appel de Simone, qui se garda de toute allusion. Sans doute ne voulait-on pas provoquer un nouveau conflit. Peut-être même la présidente avait-elle usé de son autorité, dans la coulisse, pour imposer une trêve. La consigne était de gagner du temps.

Cependant, le lendemain, Gloria retint sa sœur, après le passage du Dr Prieur qui la visitait

chaque matin, trouvant sa tension un peu inquié-
tante.

— Julie... Je sens qu'on me cache quelque
chose. Je sais bien que mes amies ne veulent pas
me fatiguer, mais comment expliques-tu que je ne
les voie presque plus ? Elles entrouvrent la porte.
« Ça va bien ?... Ne vous agitez pas. » Comme si
elles me surveillaient. Et toi aussi, Julie, tu me
surveilles.

— C'est ridicule.

— Est-ce que je vais plus mal ? Mais si j'allais
plus mal, on n'attendrait pas pour me décorer.
Seulement, je comprendrais que c'est la fin. C'est
ça, n'est-ce pas ? La Légion d'honneur serait mon
extrême-onction. Alors, on m'évite toute émotion.

Julie écartait les bras en signe d'impuissance.

— Tu deviens impossible, ma pauvre Gloria,
avec ta croix et ta plaque. Comme s'il n'y avait
que ça, dans la vie.

Et Gloria, à demi dressée, un peu de sang aux
joues.

— Parfaitement. Dans ma vie à moi, il n'y a
plus que ça.

Encore trois jours. C'était toujours le calme
plat, en surface. Clarisse venait au rapport. « Rien
à signaler. » Sans y penser, elle avait réinventé la
formule militaire du patrouilleur en campagne.
Aux *Soleils*, Gina semblait se terrer. Aux *Iris*,
Gloria vivait le téléphone sous la main. De temps
en temps elle appelait Muraccioli.

— Ça avance, répondait-il. Dans deux jours, je
serai en mesure de vous montrer la plaque

témoin. Après, il faudra peaufiner, bien entendu, mais vous aurez déjà une idée précise du travail.

— Deux jours. C'est bien sûr ?

— Oui, tout à fait. J'ai d'ailleurs une autre cliente à voir.

Il raccrocha et Gloria, aussitôt, convoqua Julie pour lui faire part de ce bref entretien.

— « Une autre cliente à voir », qu'est-ce qu'il a voulu dire ? Je suis la seule, ici.

— La seule à *La Thébaïde*, objectait Julie. Mais dans l'île ?

— C'est vrai. Et pourtant...

Pendant des heures, Gloria se mit à ruminer la phrase mystérieuse. Enfin, n'y tenant plus, elle rappela le marbrier.

— Il est à Cannes, répondit une secrétaire. Mais il ne vous oublie pas. Surtout que vous lui avez valu une autre cliente. Excusez-moi. On m'appelle sur l'autre ligne.

— Une autre cliente, Julie, toi qui as toute ta tête, explique-moi. Qu'est-ce que tu comprends ? Tu ne penses pas que... Ce n'est pas possible.

Cette nuit-là, Gloria la vécut dans une sorte de délire. Le Dr Prieur jugea prudent de mettre une garde auprès d'elle. Malgré les piqûres, elle s'agitait, parlait fiévreusement, s'accrochait parfois à l'infirmière.

— C'est moi, la centenaire, disait-elle dans une sorte de rage.

— Mais oui. Mais oui. Calmez-vous. Et recouchez-vous... Là... Il faut dormir.

Mais au matin, malgré sa nuit épuisante, Gloria

avait retrouvé de nouvelles forces. Le docteur insista pour lui laisser l'infirmière.

— Pas question, trancha-t-elle, de sa voix la plus ferme. J'attends une visite et je veux qu'on me laisse tranquille.

Clarisse la peigna, l'aida à se maquiller.

— Non, dit-elle. Défense de vous lever.

— Prieur est un âne. Appelle ma sœur, et pose le téléphone à côté de moi. Mes lunettes, maintenant. Tu vois, Clarisse, j'ai pris un petit coup de vieux. Le mois dernier, je n'aurais pas eu besoin de lunettes, pour former le numéro de Muraccioli.

— Allô... Monsieur Muraccioli ?... Ah ! il vient de partir... Bon, merci.

Elle regarda l'heure. Muraccioli ne tarderait pas. Julie arriva et enleva un gant pour tâter le pouls de sa sœur.

— On dirait que tu as couru, observa-t-elle. Tu es folle de t'énerver comme ça.

— Ah ! je t'en prie ! Pas de leçon de morale. Je veux savoir le nom de cette autre cliente. Le reste, je m'en fous. Si ce Muraccioli a eu la langue trop longue, je t'assure qu'il va m'entendre... Il devrait déjà être là. Bientôt onze heures. Encore un Italien, ce bonhomme-là. J'aurais dû m'en douter. Tu veux parier qu'il l'a mise au courant ?

— Mais enfin, Gloria, un peu de tenue ! s'écria Julie, exaspérée.

— Tais-toi, murmura Gloria. On vient de sonner. Va lui ouvrir.

Elle se regarda dans le miroir qui ne la quittait jamais et se composa un visage amène.

215

— Eh bien, minauda-t-elle. On oublie sa pauvre cliente.

Il portait un paquet oblong et un carton à dessin.

— Avec leurs planches à voile, s'excusa-t-il, c'est aussi difficile de venir ici que de traverser un boulevard.

— Qu'est-ce qu'il y a, dans ce carton ? demanda Gloria.

— Oh ! ce n'est pas pour vous. C'est pour...

Il rit de bon cœur.

— Deux centenaires à la fois, reprit-il, avouez que ça ne court pas les rues. Alors, dans le paquet, j'ai votre plaque... pas encore tout à fait terminée, et dans mon carton, j'ai les maquettes de l'autre plaque.

Julie ne quittait pas des yeux le visage de Gloria qu'une espèce de couperose envahissait peu à peu. Elle s'attendait à un éclat et ce silence soudain lui parut encore plus alarmant.

— Mme Montano m'a commandé ce travail tout de suite après vous, continuait Muraccioli, tout en dénouant les rubans qui fermaient le carton à dessin. Mais chacun son tour, n'est-ce pas ? Surtout que son projet est assez compliqué. Elle désire, comme vous, un marbre classique mais elle veut, en plus, un cadran solaire à fixer au-dessus. Vous allez voir.

Il tournait le dos à Gloria et fouillait parmi des feuilles bruissantes. Il en choisit une, qu'il contempla avec amitié.

— Sa plaque sera un peu plus importante que

la vôtre, expliquait-il par-dessus son épaule. Elle désire un marbre noir, très beau, qui mettra les mots en valeur.

Il lut lentement : *Ici se retira Gina Montano, la célèbre comédienne, née le 26 mai 1887 à Naples...*

— Quoi ?

Le cri venait du lit de Gloria et le marbrier se retourna vivement. Il vit les mains de Gloria qui s'agrippaient à la couverture tandis que sa bouche cherchait vainement un peu d'air. Elle parvint à articuler, s'adressant à Julie :

— Qu'est-ce qu'il a dit ?

— 26 mai 1887.

— C'est écrit sur son passeport, expliqua Muraccioli.

Gloria regarda Julie dans les yeux et Julie recula.

— Tu le savais.

Elle ferma les paupières et laissa aller sa tête.

— La plus vieille, murmura-t-elle, c'est moi.

Elle se tourna vers le mur et ne bougea plus. Muraccioli, frappé de stupeur, répétait :

— Qu'est-ce qu'elle a, hein ?... Qu'est-ce qu'elle a ?

— Elle est morte, dit Julie doucement. C'est son premier chagrin.

Julie entra en clinique le jour des obsèques. Elle mourut deux jours plus tard et fut inhumée près de sa sœur, en gants blancs.

DES MÊMES AUTEURS

Aux Éditions Gallimard

Dans la collection Folio Junior

SANS-ATOUT CONTRE L'HOMME À LA DAGUE, *Illustrations de Daniel Ceppi, n° 180.*

SANS-ATOUT ET LE CHEVAL FANTÔME, *Illustrations de Daniel Ceppi, Paul Hagarth et Gilles Scheid, n° 476* (édition spéciale).

LES PISTOLETS DE SANS-ATOUT, *Illustrations de Daniel Ceppi, n° 523.*

L'INVISIBLE AGRESSEUR, *n° 703.*

LA VENGEANCE DE LA MOUCHE, *n° 704.*

Aux Éditions Denoël

CELLE QUI N'ÉTAIT PLUS, *dont H. G. Clouzot a tiré son film* Les Diaboliques. (Folio n° 326)

LES LOUVES, *porté à l'écran par Luis Saslavsky et remake par la S.F.P.* (Folio n° 385)

D'ENTRE LES MORTS, *dont A. Hitchcock a tiré son film* Sueurs froides. (Folio n° 366)

LE MAUVAIS ŒIL. (Folio n° 781)

LES VISAGES DE L'OMBRE, *porté à l'écran par David Easy.* (Folio n° 1653)

À CŒUR PERDU, *dont Étienne Périer a tiré son film* Meurtre en 45 tours. (Folio n° 197)

LES MAGICIENNES, *porté à l'écran par Serge Friedman.* (Folio n° 178)

L'INGÉNIEUR AIMAIT TROP LES CHIFFRES. (Folio n° 1723)

Composition Nord Compo.
Impression Bussière Camedan Imprimeries
à Saint-Amand (Cher), le 9 février 1998.
Dépôt légal : février 1998.
Numéro d'imprimeur : 981145/1.
ISBN 2-07-040409-9./Imprimé en France.